焚燒

黃錦樹——著

序／散文與哀悼

張錦忠

We tell ourselves stories in order to live.

—— Joan Didion

上一個世紀九〇年代初，我在台灣大學念博士班，每個禮拜三從高雄搭夜車北上，週末再夜行返回港都。有個學期修了一門李有成的當代文化理論課，讀一些班雅明、薩依德等人的文章。同鄉陳俊華、林加樂當時在台大念外文系，慕李有成之名而來旁聽。一日，俊華拿了一本《大馬青年》與一本台大中文系系學會刊物《新潮》給我，說是黃錦樹託他送我的。我略聞錦樹之名（他那時參加留台文學獎與客聯的徵文比賽，已頻頻得獎），但是沒見過面。俊華說錦樹那個時段在《中外文學》編輯室左邊的教室上課。我在課間休息時上廁所，經過那間教室，只見中文系某位白髮蒼蒼的老教授講課講得興高采烈，七、八個學生如沐春風般專注聽課，時而哄堂，只有一個膚色黝黑、頭髮微鬈的後座學生不爲所動，低頭看他的書。我猜那個人大概就是黃錦樹了。

我沒有猜錯。有一回兩門課的老師終於都同時下課，錦樹與我也就在《中外文學》編輯室右邊的廁所他鄉遇故知，寒暄了幾句。

日後大概也稍有來往吧。我記得有一回他到舟山路（那時還有舟山路）台大研一舍找我，給我看陳亞才的一封信，談到我在《中外文學》一篇論馬華文學的論文，我還送了他一本《現代詩》雜誌和一本我大學時代在故鄉出版的小說集孤本（好像沒有封面，忘了爲什麼沒封面），回報他贈書雅意。後來他畢業了，我還在博士班打持久戰。

那是錦樹的「經典缺席」的年代，也是他在馬華文壇發揮紅衛兵本色放火燒芭的開始。燒芭的目的不在製造霾害，而是發動文學場域小革命。馬華文壇當然不乏紅衛兵，在三十年河東，社會現實主義文學當紅的年代，動輒以洪水猛獸或妖花毒草等口號攻擊現代詩的那些人，師法的正是北方大國紅衛兵的鬥爭本色。我在上面戲稱錦樹爲紅衛兵，純粹只是形容他爆破陳舊觀念或成見與掃除文壇權威的筆力。從那時起，「黃錦樹」就成爲馬華文學界又愛又恨的文化現象，轉眼已十多年了。

當然，在當時，錦樹並不曉得他以千字左右的〈經典缺席〉短文回應禤素萊的「開庭審判」馬華文學的議題會引起這麼大的文化風暴，影響竟如此深遠。現在看來，那場論戰的確是馬華文學論述典範轉移的重要案例。禤黃的「兩個沒有」主調——禤素萊轉述的日本漢學家的謬論（「沒有馬華文學」）與錦樹的設論（「沒有經典」）——正好踩到了馬華文學的痛處（不被認可的挫敗感），點出了馬華文學的身分認同危機，難怪我所尊敬的陳雪風等在馬華文壇耕耘多年的現實主義前輩要跳出來訓斥像黃錦樹這樣快要三代成峇的「壞孩子」了。

後來錦樹去淡水念碩士班。他的「淡江記」本書的〈聊述師生之誼〉與〈角頭風雲〉述之甚詳。那年李瑞騰辦了台灣的第一個東南亞華文文學國際研討會，發表了兩篇重要論文：林建國的〈爲什麼馬華文學〉（建國題目靈感大概來自黃仁宇，不過馬華論壇從此多了不少「爲什麼」什麼什麼的牙慧，乃建國之過）與錦樹那篇又長又亂的〈神州——文化鄉愁與內在中國〉（事隔多年，一個研討會還有兩篇論文令人難忘，已屬難能可貴。君不見台灣今日研討會多如過江之鯽，曲終人散後有誰記得誰發表了什麼論文？）。溫瑞安的神州案例在八〇年代以後成爲台灣文壇禁忌，只有林燿德與錦樹認眞爲之召魂。錦樹以神州諸子在台灣水土不服的中國圖騰展開他此後多年的中國性思考，此文不可謂不重要。論文另有長註〈神州故人〉，不過哀悼的意味已多於召魂了。

那時我還在台大上陳傳興老師的精神分析學，錦樹也來旁聽，有時課後也和我們（陳傳興老師、易鵬、馬耀民、沈志中、我）一塊在台大附近的咖啡館吃飯喝咖啡，多半是默默在旁聽我們閒話。沒想到後來陳老師因種種不足爲外人道的學院政治因素而沒在台大兼課了，錦樹卻考上了清大的文學所博士班，在新竹繼續和陳老師吃飯喝咖啡。他在水木清華歲月的酸甜苦辣，見諸沒收入本書的軼文〈不夠世故〉（沒收入本書要去哪裡找？這難不倒好事之徒吧？）。學院建制的銅牆和社會的鐵壁一樣貨眞價實與凶險，有其叢林法則，也許錦樹就是因此而練就一身刀槍不入的功夫罷。

一般讀者讀〈聊述師生之誼〉與〈不夠世故〉二文，可能覺得有如讀新儒林外史，有些地方簡直是爆料。當事人則難免認爲作者眞的不夠世故（世故的話就不會寫不會這樣寫了）。我倒覺得從此二文可以見出錦樹既狂又狷的眞性情：狂者未必如他人所說的「跋扈飛揚」，但總是不願世故，狷者則有所爲有所不爲。另一方面，也可以看到一個離散他鄉的馬華子弟如何在學術路上走過孤寂無依的歷程。也幸虧無所依傍，他才能土法煉鋼，成就自己的一套學術武功。他渴望求知（要把三代的書都讀回來），故中學西學左涉右獵，然而傳統中文系的小學國學訓練無法滿足他。後結構主義當年在學界捲起千堆雪，可是那是外文系（外文系也有抗拒這波西潮的學者），中文系似乎文風不動。錦樹的英文、法文大概也不會太好。大馬獨中（或台大）的訓練或讓他閱讀英文沒問題，但是閱讀從法文俄文德文譯成英文的理論書難免吃力。不過他也趕上大陸三十年河西後改革開放時代翻譯西書的熱潮，從巴赫金、德希達，到拉崗，他都蒐購苦讀。這些八○年代以來登陸台灣的西方理論家的功夫路數，他即使不是豁然貫通，對其論述脈絡也算了然於胸。

從淡水到新竹，錦樹漸漸南移，慢慢遠離台北，後來遷到埔里，離都市「瘋狂人群」就更遠了。

這幾年錦樹和我來往比較密切，不過還沒有密切到「言論結盟」（我們共同的朋友莊華興語）的地步（很多時候還是各行其是，不過對若干我們皆有興趣的課題，如馬華文學、台灣文學、現代性、民族主義，錦樹總是頗多洞見，時常予我啓發），往往就在研討會場碰面。我們之間的聯結主要是馬華文學論述。先是他在元尊出版了《馬華文學與中國性》，希望建國和我都能各出一本，以為在台馬華文學論述奠基，不過我們還沒有整理出書稿，出版社就已執笠。等到錦樹轉移陣地到麥田時，又把我們推薦給王德威主編的人文系列，才有了我那本小書《南洋論述》。十多年下來，馬華文學論述與在台馬華文學的表現合流，倒也形成台灣文學複系統裡的小文學社群，成為台灣文學夜市地攤之一，也到了回顧其離散歷史與歷史性，盤點存貨做點小結的時候了。平心而論，如果說「在台馬華文學」在台在馬的小文學場域裡還有點社群規模，兼具小說家與學者身分的錦樹這些年來的衝撞，可謂貢獻良多。

不過更多時候我們的交往有賴伊媚郵往返，談的多半是一時興起或不切實際的想法，例如二〇〇七年為馬來亞獨立五十週年，我們幾年前就鼓動任職出版社的朋友配合推出幾部馬華小說家的長篇、編輯不同語系背景的大馬華裔作家的短篇選集（迄今無出版下落的《華馬小說七十年》）、也建議編文藝副刊的朋友徵求以一九五七年為題材的短篇小說，以資紀念。前年夏天我在加拿大時，不知何故我們竟談到組一個團隊合力編纂一部「華馬文學史」的可能性，後來又不知何故沒了下文。近時我們則談及找點贊助，出版一套「馬華文學經典」（我笑他說這豈非和他當年的「經典缺席」說法矛盾？），還列了影子名單給俊麟。說這些想法有不切實際之嫌也不盡然是自我嘲諷，錦樹也知道要大馬華社有錢人熱情贊助馬華文學，往往是（文人的）熱面孔貼（商人的）冷屁股，除非有錢人年輕時也是文藝青年（不過文藝青年日後飛黃騰達者幾稀），但是有一回還是擬了「徵求認養」的說帖，請華社贊助《華馬小說七十年》，結果呢，套用錦樹的說法，「成為笑話一樁了」。這樣的笑話其實是滿悲哀的。

錦樹這本散文集正是一冊遺悲懷的悼亡書。年輕的詩人方路也說錦樹的創作，「一路寫來，卻是充滿哀悼的」，他指的是錦樹的小說。其實錦樹的散文也頗多哀悼之情。集中文字，直接書寫傷事傷逝，如父親、岳父的死亡，如同儕、舊友的自殺，語多感傷，令人動容。他寫走過殖民主義與後殖民時代的故鄉長輩之死，見證了「每個父親背後都有一個巨大的世界」。錦樹試圖在小說〈土與火〉及〈火與土〉將這個世界建構回來，作為給逝者的（愛的）贈禮。我去年夏末赴加拿大維多利亞大學研究一年，年底父親在馬來半島南方的邊城新山猝逝，連告別儀式與葬禮也來不及參加就從此天人兩隔。人生憾事，莫過於此。家有高齡老母，身為人子，我唯一能做的，就是快點回到離馬來西亞近一點的城市。「人」，錦樹在〈亡者的贈禮及其他〉中體悟／提醒，「真的是會死的」（「不要沒有準備」）。後來錦樹來信說：「節哀。我比你小十歲，我老爸過世卻快十年了。」對我們這些在貧乏世代活過半輩子的離散族群而言，老家那些永遠失去祖國的長輩凋零南方，意味著一個時代的結束，或與家鄉故園聯繫的斷裂。我至今無力建構可以繼承的後殖民遺產，「只剩下無端受之父母的，易朽的身體髮膚」與倒過來的沙漏。還是錦樹的話與譬喻。

死者已矣。存活者卻不乏飽受生活煎熬（錦樹自己度過的也是「緊張生活的十年，疲憊不堪的一週復一週」的日子），或靈魂為憂鬱所苦者，他們找到一個不想繼續在暗夜活著的理由時，就燒炭或「在自己的樹下」自我了斷了。在這憂鬱的年代，錦樹頗有幾個朋友、同學、認識或認識但不熟的同儕走上此道。「忍見朋輩成新鬼」，生命如此脆弱與無常，令他震撼，也意識到轉眼已是參加同輩告別式的哀樂中年了。這樣的意識，卻讓他有一陣子諸事提不起勁來，大概是陷入一種無邊的「興致索然」（ennui），首先是「論文和小說都寫不下」，後來「連寫散文的勁都沒了」。

彷彿是說寫散文需要的「勁」較諸寫小說或論文。當然不是的。《焚燒》裡頭的散文隨筆有感性有知性，有隨感有思想，「力作」多篇，早已青春不再的我輩讀來，尤其感慨繫之。前文說錦樹「刀槍不入」，當然也是誇張的說法。讀集中最晚收入的〈該死的現代派——告別一位朋友〉一文，就了解錦樹的罩門所在：倘若他不重友情，就不用告別友情了（多年以前我們的朋友張永修也跟我講過一個錦樹重友情的故事）。〈該死的現代派〉刊出前後，好事之徒探聽內情者豈在少數？殊不知不管發表不發表，此文別無內情（別無「核心成分」），就是一個（告別）友情的故事——刻意（避免傷感而）用第三人稱書寫的，而且還沒寫罷儀式就已完成。這裡我們看到錦樹看到而我們看不到的友情作爲告別的受詞的分量，及其涵義困境。「告別一位朋友」其實是弔詭句，告別一位「朋友」？是「朋友」才要告別。如果已經「不是朋友」，則經已「告別」，無須「再」告別。再告別一位「過去的朋友」，意義不大，因爲已經「不是朋友」。因此，〈該死的現代派——告別一位朋友〉意不在告別，而在「把話說清楚」，然而「現代派」該死而不死，咒語不靈；「告別一位朋友」竟是說不清楚的話語：告別既是告別，也是訣別。在「該死」的咒語與「告別」的言辭之間，（這篇）散文書寫竟是一個哀悼散文的儀式或彰顯散文作爲哀悼儀式的儀式。〈該死的現代派——告別一位朋友〉沒有把預設讀者「他」寫進小說去，倒是把「該死的現代派」的隱藏作者（implied author）寫進散文來。

此之乃散文作爲哀悼的文類。

這篇序文始作於去年冬天在加拿大溫哥華島的域多利市來路屋（Royal Oak）居處，從回憶與錦樹的交往寫起。寫寫停停，後因故擱筆，一擱多月，終於在亞熱帶濕熱夏季提前到來的學期末收筆，也算了卻一樣心事。返台後生命徒然爲許多無益之事磨損，越發懷念在來路屋的那幾個月的讀書寫作生活。如果在那裡多住一些時日，說不定我也有寫散文的情懷了。

是爲序。

二〇〇七年六月四日　高雄

＊本文作者現任國立中山大學外文系副教授，主要研究領域爲現當代英文與華文文學。

自序／生命的剩餘

動念爲自己編一本散文集，是在臨近四十歲時的事。

剛開始學習作時，確實三種文類都嘗試過。像我們這種毫無師承，完全靠自己摸索，浮沉於文學獎，憑著它建立一點淺薄的自信及更多的挫折的人，確實難免會一直懷疑自己到底有多少文學才能，能寫出什麼，能寫多久。尤其入行以後，赫然發現神主牌堆積如山，不只高不可攀，還大得嚇死人。但要做別的選擇已經來不及，也沒必要了。做任何其他的選擇，一樣會碰到同樣的問題。每個行業都會有天才在裡頭建立尺度，嚇人。作爲一個近乎「白手起家」的普通人，盡了力，也就可以對自己交差了吧。

我一直認爲寫詩全靠天分，散文小說則不然，小說尤其應該可以「力學而能」，但經驗上並不完全如此。就如同沮喪的畫家，總覺得畫出來的東西「顏色不對」。天分的因素當然存在。

從大學時代迄今，摸索了近二十年了。一開始寫小說時以故鄉的題材爲主，到現在也還是這樣。使命感嗎？倒不見得，其實是沒什麼選擇，那幾乎已是寫作的理由本身。我被歸屬於一個非常貧乏、沒什麼可以傳承的文學傳統，來自於種族政治如磐石般堅固的民族國家，用中文寫作本身即是一種對官方並不友善的政治行爲，尤其當符碼指涉向那塊國土的任何可能的局部。套句俗成的比喻，我們成長於（大馬）歷史終結之後：精鋼鐵籠已造好了，此後沒有什麼大不了的事件，只有無力的掙扎與無用的感嘆。吶喊過，徬徨過，接著以冷嘲。但又有什麼用呢？還好現代的知識傳統告訴我們，文學本無用。原來一切不過是自娛。如果歷史會笑，一定是冷笑。

那散文呢？我在課堂上誤人子弟時常告誡「桃李」們：散文不可多做，多做必假。原因很簡單，套句行話，它的虛構契約不容許它虛構，一旦虛構到被看出水分，就會變成另一種東西。常聽到有人用半生熟術語名之爲跨文類，說它成了散文詩，亦小說（也是小說之謂）。說得精確點，這主要是指抒情散文（被困於我的鐵籠者）。即或不傷於詐，也難免雞毛蒜皮，百無聊賴。多了還是不免乏味的。所以我個人偏好老作家老學人的散文，以其人情練達，爐火純青。另一方面，我們談論一切（包括寫質木無文的謀生論文）都用散文，是以它的天地又無限大。那種散文，常見有人用一個生術語（未經概念化）名之爲「學者散文」者，靠的是學養，品味，見識。淺甕亦不能爲。

出一本小書不該講大話。以上雖千言，可簡述如下：散文人人會寫，切忌多作。這是我自己的感覺，散文不能當一種文類來經營。到頭來它會更馴服於文學的商品機制（文學副刊、專欄的需求），因爲它彈性太大，更能適應生存環境。因此我自己寫得很少。早歲曾經嘗試過所謂美文（散文詩，亦小說），但很快發現不如去寫小說，後者的容積大得多了。第一輯的文章保留了部分殘骸，寫於一九八九至一九九六的八年間。本書的主體部分（第三輯的九篇）寫於這兩年（二〇

○五至二○○六），大部分是回顧這十年（一九九六至二○○六）來埔里後的生活，也都發表在這兩年間我在大馬星洲日報「星洲廣場」上的隔週小專欄〈隨感錄〉（少數篇章，或其精簡的版本，曾刊於此間媒體，詳文末註明）。另外一些性質接近、寫於一九九七至二○○二年間的五篇散文，則收於第一輯，書寫的時間較接近所傷之事的時間（如親人的死亡）。

第二輯的八篇文章比較接近雜文（另一個生術語），收了我的小部分文學風雲錄，與這世界的摩擦。部分文學感想，關於閱讀、寫作、出版、爭論。

文章發表後可能傷了一些人，譬如說我的學生「多朽木」。但其實以朽木與漂流木對舉，邏輯上亦欠周圓；衡之常理，漂流木亦多爲朽木。大學普及化之後，學生素質的平均化，也是難免的事。更尤其敝校屬中部大學。但問題不該陷於先天論，憑後天的努力，凡木應該可以自我修煉成良材，即使成不了紅檜，也可變香樟，或至少杉木；但如果你服膺道家學說，當個散木其實也不錯（《莊子》描繪的散木看來異常堅韌不易朽）。〈聊述師生之誼〉批評昔日的老師龔先生後期的學術，難免令他不快。不過那是我十多年來沒改變的看法，也許世界變了，我沒變。也許其間也有「不復有進」的問題。

出一本小書紀念自己不可能不惑的四十歲，倒不是仿前賢寫什麼「四十自述」，也無豐功偉業可陳述。不過是藉此整理一下被文字捕捉的，昔日之我剝落的存在。而四十歲，藉英國小說家安潔拉・卡特（Angela Carter, 1940-1992）在小說〈縫百衲被的人〉裡的話，「四十歲的意義，眞正的意義，在於：在分配好的一段時間中，你離死亡比出生近了。在生命這條線上，我已超過中途站」（《焚舟紀・別冊》，台北：行人，二〇〇五，頁一三二）。用我自己的話，是「沙漏倒過來了」。而且不知道還會漏多久。

二〇〇六年三月末，一位久未聯絡的大學同學突然自縊，事後某位返馬已久的老同學在信中說他「非常悲痛」，但我竟沒有什麼「悲痛」的感覺。反而一時找不到適合的詞彙來表達，只好試著描述、敘述，寫了兩篇散文（〈一個朋友之死〉、〈在自己的樹下〉），權當作亡者的贈禮。但寫完那兩篇後，連寫散文的勁都沒了。之前一段時間較集中的寫散文，部分的原因是突然陷入論文和小說都寫不下的狀態。

我這個世代的寫作者，好用自殺來解決問題，這幾年幾乎每年折損一個。當然那不一定和寫作這回事有關。對某些人而言，生命就是苦熬，即使我們的世界並非亂世，每個人都有屬於他自己的地獄。那位自殺的老同學，大學時也是位文藝青年，有一顆善感的心。活不過四十歲，沒有晚年。到了一個年歲，大概繼續活下去也需要個好理由吧。

一如所有的非天才，起步時都難免寫過一些晚歲時或許要悔之不已的青澀的垃圾，但也無可奈何。有的人珍若敝帚，但出書又不是開掃帚店……。但這本集子畢竟還是收了幾把前述的打掃工具。現在重讀，眞的會有一點不好意思。那麼的刻意。但許多青春的感慨竟然一直延續到近年，已成了歷史的感慨。大體而言，這本小書大致再現了我來台以後，跌跌撞撞走到今天的歷程（當然，這不是自傳，有太多省略），我二十年來的徬徨。「在自己的樹下」也許是更好的書名，但坊間有本新書用掉了我名字中的名詞成分；且挺囉嗦的大江近年有本小書也是這名字。「蹤跡」

太新文藝腔，背影很有名的朱自清曾經用過，我也早就放棄了那條路。那就用「焚燒」吧，燒一燒，讓元素重新離散聚合。校對時又刪掉了一些篇章。也盡可能刪掉被自己遺忘的重複。但如果刪動會讓文章血肉模糊，也就只好勉強忍耐。很多細節自己都忘記了，時移事往，記不住，也就沒什麼感覺了。但過去的文章會喚醒它。文稿整理好送出版社後，又發生了件事，不得已又寄了〈告別一位朋友〉，是爲本書的最後一篇文章。二〇〇五年返馬，提出「告別論」，告別馬華文學——告別這個，告別那個。不過我也沒想到，要告別的比我想像的多得多。因校對而重讀舊文，發現有不少感慨反覆出現。大概連感慨都寫完了。

感謝麥田胡金倫先生冒著極大的個人風險出版這本小書。據說台灣出版界已進入冰河期，我們這些來自熱帶的（除了極少數之外）來不及進化適應（長厚毛皮，儲存脂肪，降低代謝速率，冬眠），只怕不無滅絕之虞。趕在暴風雪前，把序寫完。

二〇〇七年一月七日初稿，五月補

目次

○輯三

輯一

蹤跡

我甫步過巷口，你的背影即消失在樹影中。巷子曲曲彎彎更無人，只月光滿滿，樹底影子拉得長長，爬上了牆。一輪昏黃的月，掛在巷子盡處城狀的樓頭，是一盞守夜的燈。而你的背影消失在樹影中。我注視著那一棵樹。驀然耳畔響起細細的涉水聲，碎碎的漸行漸遠，想必你又將步入那你經常獨行的茫茫曠野上。我聽到腳板踩在綠草上的輕響。然後是螢火蟲飛過的擦聲。在月光下我竟辨不出你的足跡，有太多人赤著腳踏過這塊土地。我俯身，匍匐，隨熟悉的氣味前進。明月在後頭越發漲圓，我憶起你銅雕般的臉孔，皺紋在蠕動，在我眼前賁張如蚯蚓。

果然，你在。這兒的天空是多星星的，月亮已然落伍。你的身影在地平線上，草是黑的。在這片草上，霧是潮的。在草葉上晶瑩的露珠裡幻現的是你底少年，而我們是如此的肖似。黑稠稠的林中那中年男人想必是汝父，你們是林中僅有的兩盞燈火。那時你已愛上仇恨蜘蛛。露珠中散發初割樹膠的甜香。據說汝父是棄國南渡的末批，我也只能從露珠中隱約見到他高大底影子。（而你是瘦削的）想必這座林子所有的樹都是他種的。我抬頭，你已消失在地平線上。我起身，頓足、狂奔。

你的氣息消失在叢林邊緣。一股濃烈的豹子腥氣取而代之，我復聽到流水淙淙，就在左邊的茅草叢中。我撥開草，凝視著流水。水邊草之陰影中隱約有鬥魚在吐泡泡產卵。這時月亮渾圓白淨漂在水中。貓頭鷹陰沉沉的咕、咕啼。蟋蟀在草叢中暗處鳴叫。我察覺到兩隻鵪鶉相依偎在巢裡側著頭傾聽我的呼吸。無數的蚯蚓在土中鑽動，濕泥「絲」的從肛門吐到地面上。這四周許多生物在瞪著我，包括瞌睡的蜻蜓。而你竟爾消失在莽林的邊緣。

想起相處的所有日子裡，你總是如斯落寞。日未出而作。日既落而未歇。在汝父死後，你便是林中唯一的橘黃燈火流竄，像流螢。而黎明總是冷的。我在爐火旁呼吸著冷空氣看你，也許你不曾知道。也許有狗陪著你。我在菜香中遙望夜之褪落。始終令我不解的是你的沉默。沉默。不止一次在黃昏你從園子歸來或晨早撒第一泡尿時，我聽到你和群狗說話。稱呼是親暱的，以你親自爲牠們取的名字，也曾見你時時蹲著輕撫猛搖著尾的狗，問牠們「吃飽了沒」？你呵呵的笑聲於焉響起。如今你竟爾消失在此莽林邊緣。我呆呆的望著水中雄鬥魚守護著的卵想著。四野的風在嗷嗷的吹。

我沿著莽林的邊緣緩行。赤足在茅草叢中。腳底傳來一陣陣刺痛。這土地不只留下我的氣味、汗水。還有血。茅草如鋼針的芽鞘狠狠的戳刺穿過腳掌。紅螞蟻迅速圍上我沾土的血跡，猛吮，其聲沙沙。淡黃色的螢火驟現在前方。我快速前進。在藍光幽映下，我又看到亢奮的豬籠草。酒瓶狀的是滿地的「豬籠」。我掀開蓋子，拔起，仰頭痛飲，和著蟲屍，乾焦的口舌滋滋夾響如燒紅的炭之遇水。猛抬頭，高樹以千爪之妖姿俯視我，纏身的藤啪噠啪噠的鞭著樹身。所有的風向西。月在葉影中一閃而過。這時那種熟悉的氣味突然濃郁起來，你就在樹後。你也渴了吧。在此莽林邊緣，你我相距如斯之近。在相同的月光下，我們看不清楚彼此的臉。唯有靠風來傳達彼此身上的氣息。我們各自裸著在這樣的夜裡。喃喃，我原是你兆億精子中的一枚。

我靜止著。我們靜聆風之號。你那臘鴨一般瘦且實的身軀又在我腦中浮現。依稀有著銅的辛辣。你的肌膚逐漸銅鏽且斑斑，稀疏的胸毛泛白。你的雙眼越陷越深，顱骨似欲衝皮而出。自你眼中我聽見鐘聲噹噹，彷彷來自深山古廟。在那些日子裡，你夜夜穿梭於一片可可樹間，手把一枝含淚的燭。你親手將那些猙獰的昆蟲從樹葉上一一拔下，丟進盛滿蟲屍火水的墨水瓶中浸泡。這是你著迷的遊戲。就像你愛爬上屋梁鑽進床底以一根洋燭窮燒蛛絲一樣。沒有孩子會去陪伴你，大家都自認比你蒼老。是的，你一定是在樹的後方正讀著我的思慮。而我們的心跳也是同步的。……而，你的氣味霎時消失了。我快速跑到樹後，只見空無人影。我摸一摸樹幹，依稀有些許體溫。你的足印深深陷刻在軟泥上。我耳聞你踏著枯枝落葉而去。

我怔怔的飲著風。不願離你太近，因爲似乎無話可談。也不願離你太遠，因懼怕那「失去」之愴感。所有有關家族的故事並非來自你口中，而是母親或者祖母。我們不曾深談，不曾長談，只有問候，只有寒暄。（我們是一群人：你的子嗣。）我們生長在一種被忽視的自由之中，所有人生道理必須自己摸索。在學習保護自己的同時，我們學習疏離，學習獨自走在茫茫的曠野上，如你。

而我也哭過的，那夜。從獅城掃來長遠的路不平，車聲在咆哮。偌大的巴士上只有幾個人坐著。車裡和車外一樣黑漆。我們坐在黑暗中奔走在黑暗中。我臂擱窗緣，冷冷風刷面。我貪婪的嗅吸疾走的風，不平的路上車子激烈跳動碰碰空空，前路濁黑茫茫。我看不見司機的臉。看不見其他乘客的臉。朋友早在數站前下車。相擁著的彷彿是一對印度男女正互相探索嬉戲嘻嘻。另一個單獨的也是黑皮的。我們彼此都坐離得很遠。過鎮之後有人下車車子又走入荒郊，想起家就在午夜前可抵達的前方，想及大選即將來臨，憶起黃昏前滿電線桿貼著滿高壓電線上牆上的國陣競選標誌，嗅吸不透明的夜的我不禁泫然。淚水拉成長長的線往相反的方向無目的的拋灑。胸中彷彿有什麼東西在抽壓，淚急急湧出，而心情反而暢快。而在這孤獨的時刻也無須擔負同情。車在吼。森森的墨林中偶爾吐出一盞燈火。最後車上只我和司機二人。我只覺車彷彿無人駕駛，彷彿奔向遙遙不可知。當司機先生哼著小調時，我才驀然驚覺他也是華人。……

你繼承祖父以一把鋤頭開創家園，我們自幼生長於林中，多野獸的氣息。無族譜可讀，因此你多子多孫彷彿是必須的。而今你隱伏在長草中，以鷲之蹲姿勢（正如你進食之姿）。我窺見你髮際隱隱然有火星爆爍。

你慢慢站起，轉身，拔步。我心知你何往。

天邊迅的暗下去。月亮被漆成黑色。雷聲以長征的氣勢正四方湧來。在天之乍開乍合之中我緊緊穿進適才你藏身的所在，你球根狀的足跡如此清晰。此時你業已步入沼澤之中。我把我們的足跡重疊，讓泥陷得更深（雖然這愚蠢的努力也許抵不過一場豪雨）。企圖自腳底吸取一絲溫暖。

曾經在雨中的屋裡牢牢握著窗柵以一種很鄉土的心情祈求天勿下雨，是母親教的。那時你也許正在歸程中。我喃喃唸著唸著「天公保佑莫下雨」，在無數次的實驗中靈不靈早已忘卻：

我的步履在枯木上。屈身坐下。抱膝，以膝枕臉。胸腹向大腿取暖。過重的雨滴令我眼睫不勝負荷。每一把雨甩在我肩上背上都炙起一絲熱辣。我聽到自己微喘的聲息。超重的雨落在我頭頂上令我暈眩。遠遠傳來女子輕輕柔柔的歌聲，整座夜都如水面著雨般搖晃起來。我光著身子，冰涼的感覺蔓延周身，一種很野獸的痛快。

如今你必然又鷹蹲在沼澤中之某段枯木上，靜靜的聆一曲喧嘩的雨。沒有人知道我們在做這一場也許是無意義的，追逐的遊戲。或許包括你在內。如鴨肫般的我的精囊擱在枯木上，我緊緊盯著它。它因冷而皺縮得像一塊石頭，整個器官回到孩提時代模樣。許多生命在裡頭蠢動。那是我們的原點，而我們是所謂的男人。

女子的歌聲越發細，終至幾不可聞，雖然如此，雨聲卻也掩蓋不去。歌聲轉似年輕的母親哄孩子睡時胡亂編的搖籃曲子。我努力地在記憶中徘徊搜索。如此熟悉的聲音，那定然是我年少的妻。想必她是在一個溫暖的有光的所在哄著我們初生的孩子吧。呵呵，孩子，你多愁的父親正瑟縮在幽暗潮濕的沼澤裡，而你尙待我爲命名。

就像部落裡的土著，我渴求一個命名與成長的祭禮。繞著熊熊烈火狂呼跳舞，在咚咚的鼓聲中。大杯喝酒、大塊吃肉。虎紋皮圍你下身，羊皮蔽我下體。在我背上胸上刺下部落的圖騰，我們共有的名字。在閃閃的火光中，仍需有一把獵刀，佩掛在腰際。我們以堅實的掌擊拍彼此肌肉賁張的膀臂。必須祭以血。在一次搜尋中，我們發現野牛的蹤跡……。

是的，你說牛來了。來吃你種的高粱地瓜玉黍蜀。我們一面喚狗一面擎起鐮刀鋤頭。赤腳光膊子狂奔。在深深呵嘿中牛隻驚逃。我們緊跟在牛屁股後頭。狗在牛身旁左右繞著厲吠。我們把鋤頭抛落在牛背上，彈回，幾乎剁掉自己的腳。牛隻喘著氣地震般的奔去。是那樣的，我們其實不是獵人。

啊啊，你的名字亦是我疑惑。那不識字的汝父是如何爲他唯一的兒子命名？何以稱波？名字究竟是一種預言抑或只是一種紀念，一個符號？汝父名盤。生前無名，死後亦然。當呼叫那一個名字而所屬的人已朽，名字也無復有意義了吧。……而此刻你已走到此生之末點。……汝父據說是市場購來者，原姓根本無從查起。是亂世飢餓中幸運的棄兒。……我們沒有族譜，中國歷史如何綿長多少世代興亡彷彿均與我們無關。而事實又似乎不盡如此……想起遙遠的先祖亦是一枚精子之與卵子結合，不茫然是不可能的。想想我們亦是無限多種可能之一，歷史是如此的偶然。……我們的語言文字甚至鹹魚鹹蛋都是古老的傳統……我們年年包裹粽子歡慶著不知屈原的端午，中秋時節點著兒童愛提的燈籠。……想想祖父的遺言是什麼……（「孩子能念書，就盡量讓他去念。」）……而我們曾爲傳說中藏有線裝書的外祖父敬畏過。爲聰明的你的大兒子歸來我們歡笑過。而年年，大年初一的凌晨，我們朝大門外的夜之餘遙拜。桌面上半遮半掛的絨布上繡著的醜異怪獸及依稀可辨的諸仙，莫非是我們已然遺忘的圖騰？……

那段日子我翻讀古書時光屢屢退回遙遠的過去，千年萬載芸芸眾生來自塵土歸諸塵土，留名的不過寥寥，橘逾淮之後那塊億兆屍身所化的土地便與我們無緣。而腳下這塊土地你們是開墾者、生根者。……我想你是寂寞的。

雨轉小了變細雨綿綿。大顆大顆的水珠滴滴答答到處響著。這兒四周有好些樹葉大得經常在巴剎的豆腐攤出現。我把頭埋在膝前風一陣一陣吹過去。一條四腳蛇悄悄的從我左側爬近。青蛙和蛤蟆開始在放懷喊叫。我想螞蟻是無辜的，歸家的路跡已被雨水刷走。四腳蛇爬近。妻也許正在餵乳，懷抱著剛滿月的兒子。這大地滿載乳香熟悉，妻在微笑。妻在甜笑。我身體不動左手伸至左邊一把捉住那條四腳蛇咻的拋進水裡。

當雨停後月亮復照在我頭頂上。這時的月已經是西邊的了。周遭都顯得非常乾淨明亮，是夜裡最亮的剎那。空氣中連泥土的氣息也變得稀淡了，雨後的清涼爽濕令我清醒。凝神一看，枯木上的你已不知所蹤。我趨前，以手撫摸以臉貼聞你踏過的地方，雨水把一切都刷得乾乾淨淨。一抬頭，月亮也是潔淨透明。我一再輕撫你蹲過的枯木，感覺那種沾雨的濕意。遠處早起的公雞在大啼，聲音清亮，應是早起山雞。注視沼澤旁樹林中的我忽而被一點焰黃吸引，而移動腳步。是熟悉的油燈。想必那是座荒山的神龕，我以豹子的身姿騰撲而去，野草在我身上鋸割出壘壘傷痕。沒有路。我必須自己闖一條。而那熒熒炯炯竟在風中搖搖晃晃，一會兒近，一會兒遠。我把精力完全貫注在腳下。流螢又開始出現，聽的最多的還是蛙鳴。耳畔是風撲撲而過，我雙腳只腳尖一點地便起，更不沾泥。而我愈奔燈火彷彿愈遠。此刻我似乎聽到大地輕輕抖動響起蒼老的聲音：

「如果你覺得缺少什麼，就從這一代開創起。」

那一焰昏黃在聲音消失後就幽幽浮起，漲大，至頭顱大小，「呼」的一聲穿過林子消失在夜空中。那兒原來是間荒廢的廟，月光照在神龕上一本攤開的，空白的書。已然糜爛。一剎那間千朝萬代的臉孔向我湧來，我想起祖父的名字，你的名字，我的名字，及所有海外中國人的名字。

一九八九年一月二十九日修

原載《大馬青年》七期（一九八九）

光和影和一些殘象

一

陽光灑在土黃的路上，把路的色澤給漂淡了，亮晃晃的乾淨的一塊塊。空氣中有草汁的氣味，虛虛的略帶青澀。路旁的草皮給剪剃得全然沒有高度，斷莖離葉橫疊出柔軟的假象。麻雀啁啁啾啾的似乎十分喜悅，聞聲而不見影，在草葉中藏身，啄食，呼應。看到了，樸素的褐色，一隻、兩隻……無數隻。也許是一整個世系群，好似所有的親朋在共臨一場盛宴，啁啁啾啾。陽光偷偷的做變形蟲似的挪移，她的步聲隱約便是時間的輕嘆。我坐在樹蔭下觀察麻雀，聽他們小巧的對話。我自然聽不懂——因著代溝——但可以猜。一隻小胖胖撲翅低飛，落到柳樹下尋他的同伴，一落地便乜了我一眼，對他的青梅竹馬說：

「妳看妳看，那老頭又來了。他在看我們呢，討厭。」

「是討厭……不過，他眼中好似有一種光，暖活暖活的……」

我感激的望著她。到底是女性敏感些。我是把他們看成了一大群孩子（雖然其中有的雀齡已高），一群快樂的孩子在草皮上摸索自然的消息，玩家家酒。他們也許並不在乎我這石頭一般的存在。

兩隻麻雀在沙地上掏出一僅堪容身軀的小坑，蹲下，扭一扭，細細的沙便落在翅膀上、背上。起身，摔一摔，理一理羽，如是者再四。宛如有笑聲，輕脆的，陽光暖烘烘的重照。聰明的孩子在沙地上抓著樹枝畫畫寫字，陽光把他們的影子壓到腳底下。我聽到女性的私語：

「這『老傢伙』偷看過我們親嘴呢……」

女生宿舍紅色網狀的鐵門上掛著缺了一角的牌子：「男賓止步」。紅漆也乜然剝落了，毫不猶豫的露出慘然的鏽色，像印度人的咖哩。空心磚砌成的圍牆阻擋了行人的視線，有的地方缺了一大塊，也不知道是自然還是人爲的。牆上閃耀著玻璃的鋒芒，麻雀自由往來。一隻白腹黑貓懶懶的從大門走出來，落魄的走向遠方。時間在我手腕上滴答。

走過無數青春的身影，而泰半只是青春在衣著上，窄裙、長裙、牛仔褲。沒有笑容的臉。蘿蔔腿、鷺鷥腳。扁平族、炮彈族。苦瓜臉、草莓臉、瓜子臉。想一想她們看到是什麼：一頭髮蓬飛鬍髭不規則生長的——土匪。她們蹙著眉頭，躲避著陽光。一女子打傘遠遠走來。

花陽傘，半透明的。日光準確的穿過，將伊一身素白的連身裙也漂得半透明，曲線便沿著白光若隱若現，依稀有文章。傘上浮著大朵大朵白色的花，瓣瓣飽滿。兩隻小小的黃蝴蝶從別人的詩裡頭飛來，在傘上戀戀的盤桓。溜到傘下，在伊身上輕輕的繡上一行抒情的詩句。來不及簽名，伊便走過，只剩下一漸行漸遠的背影。

二

陽光因樹葉的茂密而支離，呈一道道大小不一的光柱斜照，整座早晨的林子便在諸多的光輝中呈現一種類似宗教的靜謐、虔誠。割膠工人無聲的靠近一棵樹，短暫的停留，離開。下一棵。光柱中浮塵晃漾。青草承著露濕籠在小小的光斑裡，滿懷感激。空氣沉甸甸的載著涼意，在樹與樹間繞走，彷彿在和撤退中的霧告別。陽光盡情灑落的地方是在屋子的周圍，和屋頂。

一片明亮的所在可以瞧見一角天空，白日的雲夜裡的星。樹拔起，撐直，頂著千斤偌大的散髮的頭和發達的膀肢，團團圍繞著，這特大的光斑。

屋子裡在不同的時刻上演著類似的劇，依著以下的原則：大魚吃小魚小魚吃蝦米蝦米吃泥巴。或者：哥哥打弟弟弟弟踢狗——這只是簡化了的程序，當然原來的形態是要複雜得多，而且「哥哥」之類的名詞都是複數。對錯是相對的，大小卻是絕對的。

沿著白色的土徑，在光斑樹影裡揹著書包，在涼意尚未完全退卻時出發。漸走漸熱，出門前洗過冰冷的井水，頭髮一直都是濕的。汗濕取代了水濕。窄窄的路在蔭影光斑錯雜的林子中堅持著黯淡的白，人的行腳和自行車的輪子把落葉往兩旁驅逐，因長久承受輾壓而堅實，坦著，微微上鼓，草也無由長起。沒有理由的拐過一些彎（也許以前有人住在這轉彎處，後來搬走了），林中白晃晃的亮出一戶人家。暗褐色的板牆，門像洞一般開著，除了屋頂的鐵皮大放光芒之外，四周都是在微風中晃動的光影。狗吠了幾聲，再吠幾聲，就給人聲喝住了。路或轉，或直，或上坡下坡，大抵都有個理由。多年以後當新路依著幾何的原則和一些曖昧的政治隱喻不顧一切的筆直割進以後，原先的路像被斬成數截的蛇，某些段落迅速掩沒在落葉和泥沙之中，草趕緊覆蓋。這時我才明白，路的存在是由於這些人家，它的姿態是一種潛在的歷史敘述。原先大抵只有一小段路，從鎮子裡披開茅草挺進。一戶人家坐落，路的基本樣貌於焉確定，爾後第二戶人家在稍遠處，路便給延伸過去，如是者再三，路一段段的長出來，許多不符合幾何原則的段落、轉彎便合理的出現。於是在某些晝短的黃昏，每走一段便會看到一盞白亮亮的燈，那就是起碼的溫暖了。

走出林子，毫無餘地的刺目、暴熱。建築屋整齊排列，密密挨挨的開著門緊緊的守護著一條柏油路，彷彿那是他們的。影子躲在牆角。同樣長的一段路，找不著可以遮蔭的地方，曝晒，唯一可以躲進的似乎是腳旁的影子。

學校是另一個世界，有文字的。許多陌生的臉孔因長期的接觸而熟稔，諸多必須記憶的名字。彼此之間以華語交談，如此方可以忽視另一個世界裡存在的歧異：不同的方言。穿過一道林子，你說方言，兩者毫不相涉，各自自足，封閉。於是必須讓身世成爲隱祕，在說華語的朋友面前對另一個世界裡的事物笑而不答，以避免可能引起的不必要的憐憫或者傷感。拜訪的建議一概婉拒，也從來無心了解別人的過去、背景，而這樣的「切割」在內心深處毋寧是預設著感傷的。這個世界的種種，那些稚嫩的必變的臉孔，甚至那一段時間裡的自己，在時過境遷之後，注定會成爲支離破碎的殘象，比照片還虛幻（更何況沒有照片留下）。

每次假期都讓自己回到單一的世界，另一個世界則被「陌生化」了。夢在這時起了安慰的作用。

當畢業來臨時，窗外隔著牆過去的那棵芒果樹又纍纍的結滿果實，雨霏霏下著，這幅畫面便凝成了永遠的映象，雨絲持續下落。他們在交換地址，而我沒有。有些人忍不住哭了，我也沒有。我們注定會長大，選擇自己的路，自己的臉孔，且注定相互遺忘。這世界一踏出去便永遠不再回來了。

有些臉孔偶然還會相逢，萬變不離其宗，長滿青春痘或鬍子都認得出，只需數秒鐘的發愣。而有些卻似乎「隨風而逝」了。即使見了面，也總覺得不是記憶中的那張臉了。

坐在我旁邊的那位女生，瘠瘦黝黑，聲音小得只合附耳聽，字細如蟻，文文靜靜的不太讓人注意到她的存在。彷彿是很好的傾聽者，每回挨了籐鞭（經常，因爲多嘴），依稀便要在她面前攤開掌，散掉多餘的熱氣。

有一回，因爲沾染了班上的習氣，約略是問她某作業簿有無，她答：「有了。」根據流行的套語是，問她：

「幾個月了？」

誰料她一聽，臉色一變，遂伏在桌面上抽抽搐搐的哭了起來。在多年的同學生涯裡，這是頭一遭，也是最後一遭見到她哭，如此懾人的傷心。我們的訓練是絕對不準碰女生（即使是手指頭或肩膀也不許），更沒有安慰女生的經驗，只有掌心發冷的等待驟雨的自然止歇，長久的愧疚。

多年以後，始終不曾在人海中和她相認，偶爾在驚鴻一瞥中，驚然見到一張彷彿熟悉的臉，卻是豐腴、白皙、充滿自信。相互凝視數秒，然後掉頭而去。我早已記不得自己童稚的形象（鏡中的像是靜止的），她一定記得的；（我猜）我也記得她當年的模樣，也許她早已忘卻。殘象能交換麼？

三

她出現在鐵門後，笑吟吟的，一閃，便到了眼前。麻雀驚起，斜飛，落在掛著串串黃花的阿伯樹下，蹬跳數步。陽光穿過花瓣，光影因而參差因而也沾染了明亮的黃，而花也有了燈籠的意味。笑吟吟的一樹。「你看」她說著身子一屈，就在我身旁坐了下來。窄裙把臀部緊緊包裹，細長的脖子上粉搶眼的白，沒抹散。一股新浴後的清香。「好多麻雀。」她專注的欣賞麻雀洗澡、覓食、挑逗等等動作；時而驚訝，而歡笑。我隨著她情緒的節拍，挨近些，陽光無聲挪移。

「等了好久……」

生命在抱怨。

「又不會死。換個地方吧……」

陽光爬上左半邊身子。

一粉紅衣裝少女走過，臉側線條起伏有致，眉眼之間有幾分無關教養的驕傲。

「這女的不錯。」她說。且專注如我。「皮膚很好。」白裡透紅，良好的營養和長久的溫室氣候。腿長腰細，白色的絲襪——有幾分雪意。剩一披長髮的背影，很快便在視線中消失。

湖邊的鏽蝕鐵椅、灰白的欄杆上都疊著情人的身影，小聲的在說著什麼，白色的胖鴨子悠然游過，每一棵樹的蔭影裡都坐了人，草皮上行人來去。麻雀尋隙降落，各行其是。幼兒張開手蹣跚學步，步伐沉重，成年的男女跟在後頭。少女在湖邊拍照，披著雪白婚紗的女人以童話中公主的步姿走來。

攝影師綁了個豬尾巴，指示新郎如何深情款款，凝視新娘那裝上假睫毛刻意塗黑的眼，笑，嘴一張，皺紋就在過度粉刷的臉上龜裂。咔嚓。「俊男美女……」豬尾巴諂笑。「下一個動作。親熱一點，抱著新娘的腰……」

隨處可見的新婚，機械雷同的姿勢與笑容，像塑膠。胭脂水粉掩飾不住世故與蒼老。也許白色雪意的婚紗在美感上是屬於少女的，穿戴後應有幾分喜悅、憧憬、天眞、活潑的生氣。

由是三月四月雨中紛紛灑落的流蘇便帶著幾分淒寂。清清淡淡的開在樹梢頭，把濃綠推開、遮蓋，在群樹之中一樹獨白。溫暖的雪意，雨落，一女子撐傘徐徐走過，流蘇點點飄下，像一場雪在心中一角默默的灑落。一張令人印象深刻的臉在人海中偶然瞥見，數秒的凝視，對方眸子深處依稀透露了些許不可言傳的消息，瞬即轉身，或擦身而過。一眷戀的背影漸行漸遠，雨絲和流蘇紛紛下落。從此——也許終此一生也不復有機會再逢，即使有，也只怕認不出來，那眼眸裡的朦朧是難以重複的。有時只是黃昏中一背影，匆匆在人群中隱沒，亦隱亦現，亦現亦隱，終而消失。

所有的剎那都是自足的，無言的。每個人的背景都自然的被抽離，一切有關痛苦或者憂煩的，徹底的抽離。把情境，把美孤立起來，沒有現實的負擔，沒有歷史。這是「永恆」的一種存在方式，也是最眞實的一種。當一女子徐徐走過或一幼兒遲緩的學步，你覺得心中有愛，而站在美感距離之外，把一切可能影響美的都交給距離。這是一種對影子和殘象的擁抱，無從選擇的。

而詩呢（文學，藝術……）？

蓮花紅的白的開得一池莊嚴，旁若無人。

杜鵑花挨挨擠擠的陳列，一朵也還沒有開。如斯整齊的矮近乎諂媚，製造一些貓狗方便的灌木叢。

鳳凰木挺立，不是它開花的季節，挺著，憋得悶綠。

四

波光粼粼一道流水，蒲葉類的植物沿著滋生，在風中向河水鞠躬，紅色蜻蜓追逐、點水、遠飆。

那一段日子，突然發現兒童節不屬於我們了，操場上熟悉的遊戲一律不在。男生都是白衣白短褲，女生白裙白鞋襪，校園裡除了教職員就是眾多的白天使。小學同學基於現實的考慮都選擇了國民中學，只有一位同班同學和我一塊上初一。不同的選擇注定了相互遺忘。陌生的臉孔一張張，陌生的名字沒有意義的和你排在一起。沉默是必須的，一種持續的情緒類似寂寞。第二年，換班，一群更加陌生的白制服，聽他們笑談，用過去一年中栽培出的默契。你唯有旁觀，笑聲插不進去。課室外一排木麻黃歷史悠久的規規矩矩樹立，每每在風中揮灑細細綿綿的濤聲如某氏筆下的白馬湖之冬，所以一度被誤認爲是松——松濤帶來涼意，讓你忘記自己身在熱帶，而那彷彿與風無關。

白衣少女打走廊走過，裙襬飄搖，無數次的驚鴻一瞥——永遠的驚鴻。痛苦悵惘和歡笑是永遠的伴侶，時間被撕裂。每一回的下課，卑微的期待，一白裙少女走過。如今回頭看，原來時間一旦過去就不再是直線，毋寧是凝成了許多露珠，有些被蒸發被浪擲了。走過某處熟悉的路口，仍在搜索一可堪寄託孤寂的身影，一次復一次，在烈日下蒸發自己的青春。

「年少不識愁滋味」大抵是中老年人說的話。也許那種遊魂式的心靈飄蕩不是「愁」，相對於老年人。對他們而言，只怕是事過境遷得太久了，再也無法想像，無法把心緒抽離回那種青澀的當下。也或許是人生閱歷太豐富了，被壓得無言，或是必須面對即將到來的死亡，恐懼掩蓋了一切。

那些木麻黃和「松濤」確實存在過，雖則我無法證明——在它們終於集體被砍下，空出多餘的天空之後，確是沒有任何證據留下。除了記憶，彷彿一無所有。

面對黑夜，信一封封的寄出，茫茫的黑夜。字裡行間是一些含混的鬱結，指涉模糊，企圖不明，有收信人卻似乎仍是獨自。異性的受播者，或無法了解而表示想了解，或如法炮製，或寫一些冰冷類似第三人稱的文字敘述。茫茫的夜，一年一年趨近畢業，新友只可以淺談，很有默契的點到為止。仰望星空，晴朗甚至可以看見銀河，獨缺自己的位置。女子的臉容身姿在夢與現實之間浮起／消失。似近還遠，似遠還近。夜裡幾個人對著一壺茶，不斷的稀釋、稀釋，一直到檔子打烊，壺裡倒出來的不受茶葉滌染的白開水，才罷休。裝著滿肚子水和疑似液化的悶氣，走在深夜寂冷的大街上，所有的商店都拉下鐵臉黑沉沉如鬼城，街燈黃暈暈的盡忠職守，紅綠燈在溫習交通規則，乃反芻某早夭白衣詩人年少豪情的詩句：

少年只有一次……花只開一次最盛
你只走一次深夜的長街
未央。霧濃。獨自行
梆聲響起還是樓頭有人吹簫
使你驚覺人生如夢
所有的期待只不過是一盞燈
明知感情只有那麼一陣
年少只有那麼一次

偏偏許多人都放棄
你怎能選擇沒有活過呢？

不禁稍稍詛咒這小小的山城是個盆地，矮山環繞，視野展不開去，嚮往海、草原，或者沙漠。我們都好像在等待，而我們在等待什麼？一切都不確定，而我們面臨選擇，也許是過早的選擇，卻決定了一生的座標和方向。你四處尋找參考的座標，他們異口同聲的說：「任何選擇都必須反映現實。」他們就是榜樣，平凡意味著淡泊，中年的身裡藏著一顆衰老的心靈：麻將牌裡度餘生。

哭龍早已涸死在現實的寶島上，所有的熱情和愴痛都變成了口頭文學的一部分。深夜，穿著花花綠綠的峇迪，深刻感覺到自己的膚色和別人不一樣。自發的炙痛。

翻開破舊的本國歷史——其中的人像插圖給彩色筆「整容」得慘不忍睹——在字裡行間卻保留著大塊大塊的空白，多少年來無人填補。肩上分明感到一股壓力，擺骨有聲。放眼田園，盡是衰草頹苗；而輕風分明捎來一聲嘆息：我們無能爲力。前賢如此，難道我們也要學步，選擇埋沒，還沒踏出故鄉就貌似久經貶抑放逐的不才文人，等待魚爛？黑夜報以寂忍空茫。

要怎樣做才能不辜負自己的年少？

傳說在不遠的過去有一撮人以熱血創造了奇蹟，〈與妻訣別書〉、〈嘗試集〉、〈吶喊〉……

如果生長在那種革命的年代，就一切都毋須考慮，憑一腔熱血拚他一時的熱烈：引刀成一快，不負少年頭——。在幻想裡任何事物都是美好的，活著永遠比一死難，只有生者才必須面對無窮的變數和時間的不堪。然則幻想還是必須的。在一張空白的稿紙上，奮筆寫下：

「中學六年，我所依戀的，只不過是那一樹鳳凰花開。」

年少不宜做太多的豪語，那將成爲中年以後難堪的根源。一旦支票一一變成了空頭支票，那麼麻煩可就大了。雖則花是無辜的。

花開，紅豔豔的熾燒在樹梢，蔓延到黑灰色的瓦上，倒影似的灑在地上，老根捲曲八方攀爬。白衣少女一一到樹下撿拾落花，排成蝴蝶模樣，壓在厚厚的書裡。遠遠望去，血瓣紛紛落下，白衣的似天使似幽靈，或是蝴蝶的另一種形象。

幾度往返校園，偌大的操場上，一片生意欣欣。綠草在陽光下把葉子翻翻覆覆，以便能均勻的承受日光，折射出點點亮綠。密密的挨擠和養料的充分卻又給整片草地打上一層暗綠的底色，兀自洶湧，和亮綠不斷的辯證、對話或者竊竊私語。多少年或晴或雨我們在這上面以一粒球爲中心奔逐，赤足、赤膊、短褲。盡情的把精力釋放在風中，讓汗水灑落，衝、騰、躍，朝虛空無目的大喊，彷彿要把整個胸喊開，把心吐出，讓她也來恣意的彈跳一番。雨中，想像自己身在澤國，草上水半浸，撲、蹴、溜、滑、混身水濕，枯莖草渣在眼鼻之間，雷聲如笑。校長以司令的軍容端肅的自辦公室陽台外眺，在蒼頹的辦公建築中。

五

陽光穿過書桌上淺藍色玻璃缸，水於焉玲瓏剔透。水芙蓉挨擠著長，密密麻麻的迷你型盤浮。一張張女子姣好的臉疊現，歡悅的笑與淡淡哀愁合而為一。一淒迷的背影遠去，遠去，在弧型的時間裡無盡的走著，雨雪霏霏，一背影漸行漸遠，向古典。記憶知覺和憧憬讓我們活在完整的時間裡。

（她說：我們走吧……）

今日的陽光也許比兩千年前黯淡些也無由察覺，影子或許不那麼黑卻畢竟仍然是影子。女子自蒼蒼蒹葭中徐徐走來，飄渺而不可捉摸。如何安頓自己的生命？某種模糊的影像也許，那是「詩」，廣義的，她的本質和她的形式。也許。

橡膠樹每年都要來一度滿山遍紅，那是我們理解的，熱帶的秋天，幻想的現實依據。葉抖落，觸目即是層層落葉洶湧向八方，樹如枯，張牙舞爪般焦慮著。那條白色的路便因落葉而顯著，因葉落而裸露。陽光逮到機會猛照，幾個小學生揹著書包一陣子輕快一陣子遲緩的繞著彎。到了，這旁邊曾經住著一位老婦人和他的獨子。因某種事故搬走後，屋子便給附近的人瓜分了，拆回去搭建雞舍或修補豬寮。下坡，這裡曾有一位五十多歲賣豬肉的男人騎腳踏車摔倒，死在乾涸多沙的山溝中。沒有人知道他是在腳踏車上死了才摔下還是摔下了才死，或是摔下時好好的只因爲沒人經過，他沒法子就只好死了。他是這一條路上養豬人家的常客是一個親切的人。大家一直都記得他，雖然已經很少提起，因爲大部分人都不養豬了。他不是住這條路上的，卻是唯一死在這條路上的。

曾經在園子裡草與藤的交織中發現一角廢灶，水泥剝落紅磚裸露，燻黑處清晰可辨。長輩說：多年以前祖父在這裡建立暫時的家園，給人顧園子鋤草。原是一間茅草屋，卻只留下一角廢灶供想像憑弔。我彷彿看到褪色的老家在時間之流裡徐徐剝落如花之凋萎，雖則它仍然蒼老的安穩坐落。只有老人守著，守著他們不受抑制的蒼老。

墓塚殘碑似乎比枯骨眞實，枯骨卻又比血肉眞實。許多年後，即使連枯骨也化成了塵土，殘碑敗塚仍然衰在。綠草在裂縫中抽芽，野花不知名的綻開，在風中輕盪。同一代的人逐一謝去之後，在人世的殘存印象也隨之入土；當墳塚壞盡，就再也沒有人可以證明他曾經活過（也或許毋須證明）。正如我如今眞實的活著而中國的歷史確實如此綿長卻也無由推斷當初是源於哪一枚精子和卵子之偶然相逢，即使是三代以前。即使是殘像也留不住，在歷史書寫必要的省略、簡潔和遺忘中。一一被抽象成背景的一部分，像一根草一塊礫一片瓦，一條乾涸的小河，一段被荒草掩沒的路，一女子漸遠去的音容與背影。

於焉文字彷彿是最眞實的了。由其文，可以想見其人——是否？然否？文字中保留了作者的意識與及讀者想像的空間，讀來讀去也只不過是讀到另一種形象的自己，作者畢竟是死了。然而文字本身確實可以構設一個世界，讓美在其中擺渡吟唱。歷史和時間卻是深不可測的，一把火一

場天災人禍照樣讓你一片空白，

也許所有的顧慮和感謝都是多餘的，生命該如何安頓，想像如何安置，才是迫切的。

楊柳拂過，光影一時凌亂，麻雀紛紛飛起。陽光無力。她說，我們走吧。

原載《幼獅文藝》四四六期（一九九一年二月）

地理

之一：巴西

屋旁那棵伴我長大的百年橡膠樹拎著包袱來向我辭行，說他要回巴西去。我說：「你莫走。樹的旅途是不祥的。」他笑笑，摔著一頭亂髮，摸一摸我的頭，一句話也沒說就老態龍鍾的走了。我望著他逐漸遠去的背影，足跡是一道深溝，水白濁。他原先站立的所在化成一口井，井口像是某種激烈的創傷留下的痕跡，水濁黃，不知道是誰的淚水。

良久，屢屢探問卻一直沒有他的消息。那沉重深刻的足跡和蒼涼的落葉卻給所有人留下深刻的印象。雨落，雨停，溝中井中都奏起了交響的蛙鳴，殘餘的雨漬在葉之間嚶嚶如泣。陽光下，蝌蚪在水中點聚成深情的眸子，散開，動蕩不休。水逐漸清澈，有魚遷來。

消息以噩耗的形式傳來：他焦渴死在巴西的某處河岸，巴西的赤道在他身上燒炙出致命的創痕。（我說過的，樹的旅途是不祥的。）

之二：台灣

爲了避雨我躲進羅斯福路的一條地下道，充分的遵循紅色的「避難方向」。水沿階梯淌下，甬通裡已是人影滿目，濕了衣裳和頭髮。壁上斑斕的掛著一幅幅波斯地毯似的飾物，有人在拉著淒怨的胡琴。在肩膊與肩膊間尋了個縫隙，擠進去，把亂成一團的色彩略略爬梳。嘿，原來是地圖咧，一張張各個朝代的中國和荷蘭統治以後的台灣。重點地區絨絨密密的浮織，紅色的頭線如經絡貫穿著諸多的穴道，海棠的滄桑在諸侯國的劃分在省群分割中體現。血管紊亂卻歷歷的指陳一場又一場戰役：武王伐紂／秦軍渡河／……一次復一次的叛變，改朝換代，國都東遷西遷南遷偏安北伐。血管狀線條越長越密，努力的在更詳細的述說，譬如晚清第幾度的起義路線。血在流動，我逐一閱覽每一個朝代，地圖上沒有人只有血，背後依稀有人慟哭。有些番薯比海棠大，幾道血跡從南到北。滲水的牆壁辛酸的自地圖中透出水溝，闊大，慘慘下滴。哭聲從地圖背後傳出，彷彿發自每一個朝代裡苦難的無名靈魂，低低的啜泣。胡琴哽咽，自盲瞳中有聲空洞：

沒有純粹的地圖……

再度轉身，所有的人影都石化成俑，所有的人化石都以悲愴的眼神向我，甫出土的額上頰上唇上附著千年的黃土。（不是我觸動了機關，別那樣子看我。）

匆匆推開折射的怨懟我逆著避難方向三階一步的爬上，雨停了。陽光暴照，車輪嘿的輾過積水，濺起一潑店舖和街燈的亂影。殘珠落到我鞋子上，一涼。我這才醒覺，我是在台北的中華路口。

之三：英國

那一年，除了橡膠樹，那些高大鷹鼻白皮的男子還帶來了油棕、可可、咖啡和鴉片。從巴西，與及一些赤道鞭過的地方。赤道雨林中的族類在一場午睡的暴雨中驚醒，靜止的時間突然抽動，一陣抖醒，轟然崩倒，斷成整齊的一截一截，在車聲咆哮中送走。當你看到大群黃皮膚給晒成黑螞蟻在執行這些死刑你也許會驚訝；他們到哪裡，哪裡便馬上多出大片天空。在凸起的土墩頭或一棵枯樹的殘根旁，一一列隊上香、跪拜，合什呢呢喃喃莫怪莫怪土地公保佑我們平平安安賺三餐吃貯兩分錢過幾年好回家。日日如是，在清晨未分明的光影下，在初一十五以及任何從家鄉帶來的節慶。他們結實，黧黑，虔誠，相信有神。他們瘠弱，黧黑，嗜賭愛嫖，抽鴉片，相信有鬼。

多年以後英國人驕傲的踩著企鵝的步伐退走，留下滿街的痕和整齊敬禮中的橡膠樹。剩下的所有問題被簡化成顏色：白色被刪除了，剩下黃、黑和更黑。土地依舊沉默，被整容過的沉默。日落了，某種肅殺。

曾幾何時，這些黃與及更黑發現他們已經別無去處。像偶然被丟棄在泥土上的蔥蒜，長了無數的鬚根，不知不覺中牢牢的釘進土壤，拔了層斷、層痛。我們別無選擇，英國離得太遙遠，在地球的背面。我們的痛癢與他們無關。中國也已然陌異化成神州，僅僅一些節慶和遠古詩人徬徨的影子，一些優美感傷的字句。金針菜、罐頭、燈籠、笛子胡琴與琵琶，異國的音樂在熱帶的層樓裡幽咽。俠客在千里之外往來於時光與想像之中奔走殺人，山水柔情，曉風殘月。而此地老樹昏鴉之下，流水木橋養豬人家。

這年頭時興移民，到袋鼠的家鄉，綿羊盛產地，西部牛仔屠殺印地安人的大本營，日落的日不落國……總之向白色移動，某種磁力。中國的人口太多了，要不是泥土吃了拉出來還是泥土只怕早把山給吃平，把整個內陸吃成地中海。（你敢面對麼？現實裡的死河與風沙？）而移到哪裡彷佛都一樣，陌生人的國度。你能拒絕學習另一種語言麼？還是無所謂的放棄漢字及漢字書寫的一切，僅僅以方言點綴鄉音？歷史是無可無不可的，我們怎麼塑造，它就是什麼樣子。或者完全相反。

於是我又想起那一排排整齊出列的橡膠樹，有者英挺俊俏，有者在拙劣的手藝下給殺得一身瘤腫。不管怎樣，它們早就已經成爲此地風景的一部分。年年如是，很有默契的抖落一身舊葉，在乾燥的風中以枯樹的姿態休眠。幾個月過去，雨去風來，綠芽暗抽，淺色的新葉軟綿綿薄薄的羞澀張開，以某種期待。在葉葉間小白花開了一樹，落落個滿地。橡膠樹從赤道的一端移植到另一端，卻獨自搬演四季，調整熱帶風雨爲異質的春華、夏暑、秋葉、冬殘。

在更遠處更遠處日落了。這些橡膠樹發芽的數量已然超過了某個限度，自從移植以來。可可、咖啡、油棕亦然，在物價的波動中頹敗，在過度栽種中死去。

之四：日本

翻過直行的典籍，有些字的形體是熟悉的，卻孤零零的篇章中隨意分布不成訊息。更多的是捲曲的符號從中阻撓，像干擾的音波和來自深海的神祕符號。

走入一想像的國度，似一移植的朝代：盛唐。

在幽怨的曲樂中雪花片片降落，在石板鋪就的窄道與黑檐的矮店之間，和服的男女打著紙傘從容來去。或者是彷彿的晴天，兩旁的巨樹滿滿戴著白花，一瞬間都紛紛灑落，在路上，游入身上，和出鞘武士刀上。

明晃晃的刀身長長的橫開，持刀的漢子步伐不丁不八，一張臉隱在籐竹編織的笠帽之中，殺氣颳起一陣冷風，吹翻牆頭上趕路幽會的一頭黑貓。漫畫和電視裡迷人的異國情調，武士和刀和血，柳生十兵衛和他的獨眼。

血，屈辱而注定被遺忘的血。出征，整齊的隊伍端肅的軍容耐穿的皮鞋，鋒利的刺刀、沉重的槍、揮別，新婚的妻子和依依的老母，祈戰死。向近視萬度的那頭史前恐龍，抽鴉片的笨爬蟲，向南洋，陽光遍照的黃金三角。

炮聲比節慶響亮，眞實。

刺刀、武士刀、鮮血迸濺、火熊熊燒起，頭顱滾落，笑聲恣意浮起。割裂、肢解，男人和小孩的死。褪下褲子，爲國捐軀的情操迅速勃起，訣別的妻子女兒母親的臉折疊，投映在胯下的女人身上，在哭泣和尖叫聲中，利刃揮過。而此後的歲月裡，當肉體久矣成白骨，在荒冢中抽象成同質的記憶時，一些人屢屢提倡：「歷史是虛構的，是一場騙局。因爲歷史是文字寫就的，文字的本質是欺瞞。」

據說當年被派到南洋的日本兵一部分是台灣人。事實如何，在可考與不可考間。死者永遠沉默，生者偶爾吐露「看得出是不一樣的……至少不會全家殺光……」許多的傳聞即將永遠無法證實。我們的歷史永遠只是一紙大綱，過於簡略的僅僅書寫一些大大小小的標題，把事實抽象化成爲一些數目字，幾行不帶感情的客觀敘述，符合學術的要求與科學理性。

日本人是愛哭的，我們都知道：勤勉的、好學的、熱愛櫻花和武士刀，以及愛切腹自殺卻不愛反省戰爭侵略的。桃太郎之後是忍者龜。日本國旗是現實裡的一帖膏藥，把瘡疤貼起來。

之五：中國

年年，大群的華裔子弟或全茫然或半茫然的湧向台北，在彷佛熟悉的街市形象林立的中文招牌前，看著擁擠的人群坦然噴吐黑煙白煙，因不耐燻而暗暗落淚。

想像中的中國因朝代與地理的錯位而舉目無存，整體的感覺是熟悉的，除了社會新聞版是格外的血腥暴力外。在學院裡，英文書無定式發音，台灣國語，在在都保障了畢業以後的出路，某種榮耀。同樣的膚色，臉孔有些微差異，女生格外嬌嫩。生活的空間大致窄仄，在學校與宿舍之間。抽菸、麻將、家教、清潔工，追風與王牌，電子遊戲泡妞。數學符號、英文字、台語的喧譁，港式的噪音，緬甸、越南等等異國情調的聒噪，伴著你我走過成年。

偶然，在長途的旅遊車上，驚鴻一瞥山上一墳獨坐，或一廟紅豔；南下經過一汪一汪的水稻田，田中有舊墓東西南北向浮起。這就是「中國」麼？徒然令人憶起家鄉的華人義山。

那年某種殺戮自隔岸傳來，在水聲風聲裡靜夜鼓盪。大群人圍坐在電視前手足冷冰，雙目魚瞪。報紙如冬衣增厚，血腥的畫面透過鮮豔的印刷方顯得眞實。一些人。咬牙切齒，白布條掛滿校園，抗議的語言或典雅或低俗，書法拙稚如小學生塗鴉。夜裡齊聚在中正廟前，聽一些眞眞假假的傳聞，死亡數字和業已成爲英雄的名字。隔日，照常上課，考試，幾個月後，照常遺忘。「三民主義統一中國」。

歷史在眼前發生，我們目睹。冰封已久的諸多河道解嚴，擅於在國慶上揮手的強人向歷史告別，如往昔故朝的天子駕崩。接著便是東歐的骨牌，一片傾倒之聲。戈爾巴喬夫的微笑，額上的紅色閃電之後是愁顏。對岸的戰鼓隱約傳來。

那年的殺戮，傳聞中國人一一在轉著手上的地球儀，指著紅色大陸以外的任何土地，知名或不知名的，說：「只要能離開中國，去哪裡都無所謂。」

台北的華人仍舊心向美國，美麗的烏托邦吃漢堡的國度。米飯已經越來越少人吃了。正如古老的典籍，如此都需要白話的翻譯，或者漫畫解說。

之六：馬來西亞

國土介於北緯一度到七度、東經一〇〇度到一一九度之間；半島北接泰國，南隔柔佛海峽，有長堤與新加坡相通。西隔馬六甲海峽與印尼的蘇門答臘相望，東臨南中國海。東馬與西馬相距約六〇〇公里以上。沙巴及砂勝越南面與加里曼丹相鄰，北隔蘇祿海與菲律賓巴拉望島相對，介於沙巴與砂勝越之間的小國是汶萊。

面積共三三二五二〇方公里，在東南亞居第四位。一九五七年馬來亞從英殖民手中獨立，一九六三年成立馬來西亞，一九六五年新加坡脫離。一九六七年我出生在這塊土地上。

原載《星洲日報・星雲》，一九九一年七月八日、十日

神州故人

——兼答某君

一、畢業論文

說起來也有超過十年了，我和「神州廢墟」的淵源。

一九八六年當我來到台灣，神州詩社已然「淪亡」有年。後來和神州「舊部」的因緣，大體都因爲寫過一篇題爲〈神州——文化鄉愁與內在中國〉的長文。這篇文章算不上什麼了不起的著作，自己卻有點珍惜，也幾乎當成學術上一無所成、不知何去何從的大學時的「畢業論文」，銘刻了我自己一段青蒼的歲月。

那是大二吧，因爲老學長彭偉文先生的幫忙，得以見著當年神州大將之一、時在《時報週刊》當攝影主編的胡福財先生，他們相別已久的舊友重聚，聊的便是神州舊事，感情依然激越亢奮。也知道了一些資料上見不到的事，如黃昏星之吃生力麵吃到得肝病，友儕爲他而到學生宿舍賤價兜售珍愛的藏書的悽慘往事，與及一些連他也說不清、理還亂的枝節。此外，其時對於神州的了解幾乎都靠書面資料，而所有的書籍，都是大學時代每逢暇時光顧光華商場或汀州路的舊書舖，一本參拾元、伍拾元而陸陸續續購得的。在那一個沒有餘錢買新書，在學生宿舍以外的地方吃飯會覺得內疚的清寒歲月，對我而言可說是一筆不小的預算——是以像《風起長城遠》那樣收錄大量重出文章的書，每回遇著了都會拿起來翻翻，就是捨不得花冤枉錢。從史料收集的角度來看，現在當然會覺得有點後悔了。

大學的最後一兩年，也曾和一道在大馬總會搞「大馬青年社」的朋友商議合作在《大馬青年》上做一個神州詩社的專題，最後不知何故不了了之。爾後便決定自己獨力做一篇專論，大概是在大學最後的那一年裡，十分辛苦的——完全自己摸索，必須在自己找來的資料上開展出自己關切的問題，因技術不成熟而費了許多工夫。和林建國多次通信討論，迭有修改。不久，考上淡江中文所，剛好李瑞騰教授主催的東南亞華文文學研討會在淡江舉辦，我和林建國相約毛遂自薦，作爲初次的學術洗禮而發表。事情已過了七年，到現在我還是認爲，該場研討會的論文，還是我們兩位研究生寫得最認眞，也最有見地。

爾後爲了發表，接受其時《中外文學》主編廖咸浩先生的建議，做了一次較大幅度的修改，只是基本的論點並沒有什麼改變。尤其是「內在中國」的命名和問題設定，作爲我以後對馬華文學之中國性的討論的一個起點，更覺不可替代。就內涵而言，它大體和文化中國、文化鄉愁、中國意識、中國情懷、中國文化想像相近；然而「文化中國」嫌其空泛而且大中國，「文化鄉愁」、「中國意識」、「中國情懷」、「中國文化想像」也因被過度使用而難以表徵類似問題框架下的新問題，也有與「文化中國」類似的以中國爲意象對象的嫌疑。這一命名最大的要點其實在於，強調了諸事物的內在性，甚至可以說是強化這種內在性特徵——而且是某種強力意志主動攝取、內化的結果。其內在的程度，甚至讓那些「中國人」自己認爲，中國就內在於他們的基因裡，更別說所有與中國有關的事物和符碼。因而對於這樣的問題的思考，最終必然會涉及「文化」的諸範疇，而不可能僅限於文學——唯就文學而言，它甚至限定了作品的文學性：讓它可能，也讓它不可能。

就這個問題來說，溫瑞安和神州詩社事件確實是一個難得的個案。它的重要性，就如同做了大案子的精神病殺人犯之於廣大的潛在病患。它偶然的引爆了所有的問題，讓問題變得可見而可以分析，這絕不只是美學的問題。更重要的是讓那帶著浪漫色彩、美學包裝和文化表演的中國性問題中潛藏的狂熱、暴虐、妄想、腐敗的可能變成眞實。在這樣的觀照下，作爲神州詩社精神領袖的溫瑞安，他的所有作品幾乎都可以拿來做症狀式閱讀，是內在中國病症的併發，也是那一個群體的精神病歷表。〈龍哭千里〉、〈八陣圖〉、〈鑿痕〉、〈月光會〉諸文，尤爲典型。職是之故，對我來說，對溫的作品做全面的新批評式的禮讚是毫無必要的，那倒是他的「弟子」們過去對他的「孝敬」方式。

並不否認少年溫瑞安很有才氣，也頗具可能性，有成大器的先天材質。一直到最近，偶識神州故人張國治先生，我還是這麼認爲。然而那畢竟屬於過去式，已經被他自己糟蹋了。

二、那一樹鳳凰花開

其實早在高中三年級，偶然於學校書展中購得神州文集第七號（許多年後才知道那是最後一期）《虎山行》，讀到附錄於中的溫瑞安高中時代的名作〈八陣圖〉，深覺震撼，以爲不可及。後來讀〈龍哭千里〉、〈鑿痕〉和一些長詩的片段，也可以感覺到那種令人驚嘆的早熟的才氣。

在半島南方的中華中學就讀，臨到畢業了，才感到莫名的徬徨。學校內外都是功利主義，移民後裔的不安定感和對於更豐裕生活的普遍期許，令我覺得十分的苦悶。許多年後才知道那是一種知識上的苦悶，那種狀態如今在故鄉也還持續著。小鎮連一家稍微像樣的書局都沒有。沒有人敢談理想，也幾乎沒有夢想。畢業後曾作激憤語：「中學六年，我所依戀的只是那一樹鳳凰花開！」因而那時對於這樣年輕的詩句是頗有眞確感受的：

少年只有一次……花只開一次最盛
……
你怎能選擇沒有活過呢……

溫瑞安，〈長江〉

也眞確的在思考「接下來的十年、二十年如何活得更有意義」的問題。也和許多敏感的華校生一樣，在那個連往中國旅遊都禁絕、空氣中時時散發著對華人不友善氣氛的年代，有過「此生必將到中國走走」的念頭。有好一陣子，常常和一二同學在大排檔，把一壺茶喝成白開水，喝到小販忍無可忍收攤，才悶悶的走在黑闇無人的街，在拖著擦擦的腳步聲中，耳際確也響著黃昏星早年名作〈最後一條街〉中的數行低沉的音聲：

許多腳步聲響起
許多腳步聲消失
最後一條街是那麼長而遠
日夜守住　流連的
我們

此後友儕各奔前程，眞正走著年少時認定的路的，也眞的沒有幾個。

爾後在台北考古神州，考掘舊音遺響，或許正是爲了尋找一個失落的腳註吧。同時也嘗試著起步略嫌晚的文學創作，在〈內在中國〉草撰的過程中，不知不覺的也已對這一種病產生了某種抗體，漸漸的建立起批判的條件。在創作上，也有自信宣布溫瑞安因爲停滯而完蛋。後來的〈傷樹〉系列，證實了寶刀果然已老，已經失去了年少時的理直氣壯所激發出來的豪情，卻又無能老辣起來。

三、長街故人

由於對材料的熟悉，許多素未謀面的神州遺子感覺上並不陌生。那時確也關心胡天任口中下場最為悲慘的黃昏星，一身病而又沒有學位，回鄉如何面對江東父老。有一陣子聽說他在首都當了計程車司機，爾後讀到他在《蕉風》上發表的〈我還活著〉，有一股強大的憤懣和悲歡。然後聽說他結婚了，有了小孩，後來也見過一次面，談到往事，情緒依然十分激動；聽到了一些不為人知的神州內幕，如大哥原來是大野狼……等等。已改名為李宗舜的黃昏星，爾後復出寫詩，少年的豪情散盡，多了幾許生活的現實的平淡。然而還可以感覺到骨子裡的那股憨厚和傻勁。稍後，也見著憨笑寡言的廖雁平。

其後因出版小說集的關係，認識了任職九歌出版社主編的陳素芳，有著好惡分明的脾性，和故人的熱情。

在一次留台聯總的訪問團中，見著了周清嘯。去年杪回首都參加研討會，除了負責研討會事務的李宗舜、周清嘯之外，也見著了在會場上發言的殷建波（殷乘風），及在個人化的、播著昔日天狼星詩社社歌的懷舊氛圍中誇張演出「我要復出」戲碼的「老狼」溫任平。

而十二月尾，在一個台北的座談會後，官僚缺席請客乏人出席的晚宴上，認識了張國治。他主動向我招手，說陳素芳已向他多次提及。邊吃飯談聊，詩、小說、攝影……，可以清楚的感覺到他有著非常強的藝術感受力，甚至是一種超乎常人的對美的著迷。爾後聊著走了一段頗長的路散步到車站，臨時起意，突然不想留在台北參加第二天的研討會，轉車於深宵回到埔里。

多年前曾經有人問我是否願意見見溫瑞安，有人願意「引見」云云，我都搖頭。這麼多人裡面，最不想見的，大概就是溫某了。一九八五年在大馬一份小報《新生活報》上有人「劍挑溫瑞安」，揭露了許多神州恩怨，而最讓人失望的是溫瑞安後來的回應——以一種輕佻、油滑的態度，在那裡胡說八道。也曾見溫在大馬華文報撰寫名爲「溫室」的專欄，滿肚子牢騷，陷於一己的自哀自憐，都在怪責兄弟「背叛」他，而對於自己的作爲，沒有絲毫的反省。甚至在他以量取勝的武俠小說中，總是一再的讓他過去的兄弟（名姓略略改易，不致難以辨識的程度）在裡頭慘死。凡此種種，都可以看出他在心靈上完全沒有成長，也沒有能力成長。比不上古龍武俠小說中那隻受了傷會自己找地方療養的狼，當然更別說是那些獨來獨往的俠客了。對於我這個考古者而言，這樣的人物，其實可以說已經亡故——於他的，或我的高中後期。

活在自己的矛盾裡，死在自己的傳奇中。

我們這一代，在文學創作和評論上其實已經遠遠的超前了。

四、江湖月光

有時也不免感慨，神州故人竟無一成爲文學大將。和三三集刊同人比較上來，這種缺憾更爲明顯。昔年的三三中人，朱天文、朱天心及「變節者」楊照個個都是當今台灣文壇不可替代的大將，而神州，也只有一個「中間人」林燿德算得上大將。和林燿德有過數面之緣，因爲理念不同，略少往來。然而於他的猝逝，卻不免哀矜，覺得是台灣文壇一大損失；和溫瑞安一樣，都是可能成大器的良材。神州何其不幸。

多年前讀了方娥眞去港以後的散文《剛出爐的月亮》，過早的遲暮之感，渴望被愛的微涼的熱情，都被具體化爲香港的城市蒙塵的月光中。欣喜的發現，她的詩心仍在，文學的感性依然純粹；而哀樂中年，離離傷逝，反而讓她的散文在日子遠離悲歡的少女時期之後，可以眞誠如實的哀愁。多年前聽說她嫁了人，離開了香港，隱居於檳城。也沒有去確認。此後不見有文章發表。曾經想像她微笑著牽著小孩於檳城老街散步、向孩子指點故鄉風物的情景，也算是一種祝福吧。

多年來的偶遇，資料的取得已不止書本文字，照理可以對舊文再做一些補充。然而即使在今年出版的《馬華文學與中國性》中，〈內在中國〉一文依然註明「存闕待補」。可以這麼說：「存闕待補」的指標成了一個必要卻空無的索引，指向，及保留了「存闕待補」的感覺，及某種實際上無法彌補的匱缺。因爲不完整，及不可能完整，或許才是廢墟的本相。

和其他見過面或素未謀面的神州故人類似，向來和舊友疏於聯絡的我，開個玩笑，相逢不必先問有仇無，一切隨緣。也記不得哪位神州故人提過的，他們神州人過去曾訂下與月光有關的舊盟，大體是「千里共嬋娟」之意。相忘於江湖，或許遠勝於濃情怨懟。對於這些心底留下了紅色（或白色、藍色、紫色）鑿痕的故人，業已在「最後的一條街」留下了濃烈的身影，對於「已故」的大哥的才華似乎不必那麼眷戀，那畢竟不過是青春的哀愁，還沒來得及達到眞正的深刻。在我的立場，只希望這些神州故人們好好的、快樂而踏實的活著；若非覺得不寫就活不下去，也就不必再寫作。相對於生活的現實，寫不寫其實都已不是那麼重要。文學其實並沒有那麼偉大，而偉大的文學也不可強求。

江湖多風，月虧有盈。聊致祝福。

一九九八年三月二十一日

芒刺

一

走過清理得很乾淨的園地，驚訝的發現鋸得只剩下短短一截樹頭的膠樹，樹心的部分竟然挺拔的抽長起粗大的芽。紅色的莖，有一個聲音告訴我，那是木棉。可是怎麼看都像香蕉的莖，水分飽滿而有光澤。聽見父親似乎在抱怨它們長得過於茂盛，抬頭望望，果然許多分叉的枝莖被截去了。父親的聲音和往常一樣，欣然發現，父親的病好了。說話時喉頭不必再含著什麼似的。

然而歡悅只屬於夢。

八月初返馬參與研討會，順道回家一趟，開過刀後的父親病情似乎未見好轉，鎮日精神不濟，撫頰呻吟。原就皮包骨的身軀，在皮與骨之間，似乎更減去了什麼。菸齡有一世紀之長，幾個月前喉頭疼，難以吞嚥。兄長們好不容易半強迫的帶他去開刀切除長出來的瘤，以做進一步的檢驗。之後依舊沒有改善。繼而苦於牙疼，十分不情願的被迫去把那陳年的爛牙根拔除，卻仍沒什麼進展。此後一直抱怨醫生都是騙子，因喉頭被某些東西阻塞著而只能以含混的聲音說話。繼而埋怨搬家搬出麻煩來，住在樹林中幾十年都沒事。

母親也附和著，「早知道就不搬了」。略帶難過地說，「也只是略微不方便些」。

過去慣常向子女數落父親不是的母親，彷彿有點茫然。抱怨父親不好好在家靜養，每天一早都要到林中去，一直到太陽下山才出來。就算是下雨天、大日子，也都一樣。已無人居住的我們的老家仍在那兒。「都是爲了他那十幾隻狗，」母親說。「他去開刀住院的那幾天，我進去幫他餵，十幾隻狗都在路口等。我進去（老家），牠們跟我進去，吃過後，我去鋤草，牠們又到路口去等。一直到下午四點多，知道他今天不會來了，才又進去。」

父親斜躺在沙發上，倚頰呻吟，眉頭深鎖。偶爾含糊的咕嚕幾聲。那來自唐山、生於晚清，年過九十歲，被兄長戲稱爲「全家最健康」的他的母親（哥說：「每次問她今年幾歲，她都笑笑不肯說。」），每每專注的凝視著他唯一的、卻似比她還蒼老的兒子滿頭的白髮，白頭相對，默默無言。

這趟回家十分匆促，仍執意到那有著許多回憶的地方看看。第二天，陰慘的天氣，兄長開車，到林中的路略略改了，綠葉阻攔，不復舊觀。園中處處雜草，一棵棵的酸柑樹也呈現出凋萎的樣態，葉黃，枝椏如鬼爪。「人病了，就連酸柑也變成那個樣子，沒得收。」兄長說。他趁假期希望能到林中爲父親找到一種傳說中的土方，某種野藤的根瘤。六、七種不同的香蕉，和稀疏的榴槤樹，互相遮蔽著。十幾隻毛色發亮的狗守在屋子周圍，吠了幾聲，就被制止。我都叫不出牠們的名字。父親臥躺在他昔日睡房的木板床上，含糊的回應我們的招呼。狗分散伏在外頭。問他要休息的話爲何不留在外頭的房子，他說：「這裡卡涼。」

灶上燒著爐火，燒煮著一大鍋五味雜陳；另一灶，殘炭悶滾了一壺吐著白煙的水。狗食，和他的飲用水罷。尋找貓的蹤跡。父親說，在屋梁上睡覺吧。然而瞄了許久也沒找著。「狗會欺負牠，大概躲起來了。」據母親的描述，人搬走後貓有的也走了。留下來的那隻，靠著自己捉老鼠，反而更胖了。

籬圍裡，兩三隻老鵝依然十分警戒，幾隻暴躁的老公鴨也十分的不友善。園畔有兩叢竹，綠節密密如一壁高牆聳立，蔽天的蔭涼。「爸種的，他喜歡把這種東西種在別人的土地上。」鄰園易主後便任其荒廢，已是滿布荒榛的密林。哥的土方沒找著，認眞的臉上都是汗水，時時擊殺吸飽了血的蚊子。紅毛丹樹上還有幾顆殘存的果實，我隨手摘了，邊走邊喫著。

走到園子的盡頭，那是最近野豬出沒的交接地帶。「是隻大豬公，獠牙很長，十幾隻狗都怕牠。有時也會看到成群的小野豬，到這裡找喫的。」然而只瞧見一些雜亂的蹄印。所有的雞隻都已放山養，和山雞混在一塊。母親爾後解釋說，剛開始時把雞關在雞舍裡，進了幾次蟒蛇，損失慘重。還有四腳蛇也對牠們的存亡構成了威脅。後來夜裡都不敢把牠們關起來，牠們自己會去找適合的樹，掠食者來，牠們有自己的翅膀，反而安全。只是後來即使想殺也捉不到牠們了，牠們對人也產生了戒心。「連蛋都不知道下在哪裡，可是還能自己孵出小雞來。」所以數量不減反增。

那天黃昏，父親從林中歸來，腳踏車後座載著一顆三尺來長的汁液飽滿的紅肉木瓜，和一粒尺把長的肥胖紅毛榴槤，幾顆營養不良的黃梨。

二

家鄉變化頗大，到處蓋了新房子，房價也以驚人的幅度上漲。在經濟成長的統計數字背後，友朋和親人都在嘆息。「日子不好過！」到首都去開會，友人歷歷的指出一些攸關民生的重大國營產業（如水、電、交通等），政府在花了大筆納稅人的錢完成建設之後，以低廉的價格轉售給「民族資本家」，所謂的民營化。而此後，就像高速公路的「買路錢」，即使穩賺不賠，也要年年上漲。一隻羊要刮上好幾層皮。大學裡的朋友也在感慨，歷史最久而學術還沒上軌道的那間大學，卻急著要「私營化」，爾後教育成本必然全數轉嫁到學生身上，人文學科篤定收攤。公路上，開著進口高級轎車的馬來民族資本家舉目皆是。對馬來人夙有研究的朋友說，他們就像台灣的「新興民族」，如今充滿自信，完全學西方人那一套，成立了大量的基金會和智囊團，養了一大群各個領域的博士，對所有他們感興趣的問題都進行專業的研究，邀請國際頂尖的專家來演講、對話。「價碼再高他們也出得起。」而華人社會，「還是幾十年前那一套。」

三

又開始了。經常在午夜，那位習於中宵酗酒喧鬧的鄰居，向一整條沉睡的街講演他那連電線桿都可以倒背的大道理，野狗或騎樓內的犬零星抗議著，兼做配樂。時時穿插他對酒友或不知何許人的母親生殖器的激情問候，或與人吵起來，喊打喊殺，鬧到整條街都甦醒爲止。他的隔壁是一間家庭式的廟，也算是中小企業罷，廁身於沒有後門及防火巷的焦躁的民居，給這裡的世俗增添了不少「神性」。異常頻繁的活動讓我們充分的經驗了此地本土文化的日常，不論是清晨的鞭炮聲與迎神，還是深夜乩童之狂嚎。左鄰也是「國粹派」，作爲文化再生產的麻將聲最近倒是稍稍清冷了些。時間稍早，是大群鄰童在馬路上演出他們尖叫聲中的歡樂童年，以汽機車的剎車聲和汽笛爲頓號或逗號、破折號，以家長的麻將聲爲背景音樂。彷彿預示了公路將是他們人生未來的舞台。這房子剛剛住滿一年，因暨大建校土地價格暴漲而暴發的財主們，有了更多的閒暇和餘裕，去生產他們的基層文化——當然，或許不止於在這條「明德街」。

自然調節甚佳的埔里，對我和妻其實是最像故鄉的地方——那曾被日軍以台灣爲跳板「南進」之地，鎮民（不分種族）喜好把自己的家園布置成小花園——兩分鐘的車程即可離開鎮子，到山裡頭或田園去。常常黃昏騎著破機車偕妻四處逛，瓜田、茭白筍、花圃、陳年老屋……，既爲散心，也爲了找尋一個可以稍微住久一點的地方，在這號稱是全省最適合人住的「好所在」。鄉下一點無妨，安靜些，屋旁有一小片地可以種種花草，也給家裡不知老鼠爲何物、鎮日酣眠的貓一個較爲自然的活動空間。繞了一年，一無所獲。除了已淪爲「遺跡」的老房子之外，稍微可以住人的，農民們似乎都寧願讓農具和爬蟲居住。

剛來此地時一位愛財如命的中介佬把爲了能盡快值班而急於搬遷的我們介紹進一暗無天日的巷弄裡，兩排房子，鼻子碰鼻子。大白天，不願轉彎的陽光也照射不到，鄰居的所有聲音都無償的與我們分享。左後方也有活火山似的廟；斜對面有戶據說是以做賊爲職業的人家，白天反正閒著，以或許是偷來的音響，以全額的音量讓鄰人一道聆賞通常在居喪時才聽得到的本土古典雅樂。住在他們對面的警察，對於他們的人權和自由，也不敢妄加干涉。那兒叫「育樂路」。

不止一次被鎮人問起何以不住學校宿舍，妻委婉的解釋說「學校宿舍不足」；那固然是原因之一。外觀優雅的半獨立渡假式小平房宿舍，只蓋了三十戶，即使是教授這輩子頂多也只能住上四年。對於具「國際視野」的長官們而言，這已是天大的恩惠。在一切講究「職等」和「點數」的地方，規定講師不能申請確是不足爲怪的。我們曾不通世故的抱怨，在這麼偏遠、大部分「高級長官」都從阿扁管轄的地方借調來的地方，何以不多建些宿舍，以留住人才——即使是建公寓，讓大部分的教職員都有得住，也可以住久一點，或許可以讓荒涼的校園早日形成特殊的社區，以減少四處亂爬的蛇的活動空間。然而校方的考量似乎是對社區的回饋，小資本家好不容易把地皮炒上來，也蓋了有利可圖的房子，「人才」們如果不去租購，留著幹啥？

誤人子弟，於今一年矣。學到最多的還是「倫理學」。那確是書本上學不到的，傳統中華文化的偉大結晶。而今博士都要去賣魯肉飯了，幸運的捧個飯碗，似乎就該感性一點，養成「感激涕零」的良好習慣。平生第一份正當職業，爲告別非法外勞生涯而喜悅；唯來此佳地之前，有人在我頭上澆出冷水的煙，說「沒有一個地方是乾淨的」。不幸而言中。此地雲山多姿，綠草無憂；卻在原是台糖牧地的廣袤校地上，放牧著一群和綿羊一樣乖的學生。在沒有制度、方向，只有「主人」、「上意難測」的單位裡，彷彿是以自身爲目的的值班、接電話，唯有時時咀嚼黑格爾的主奴辯證法。雖有藍山可望，卻無菊可採，也「悠然」不起來。爾後五色鳥因故匆促的飛回原來的棲處，臨時換來一隻低能的進口爬蟲。搖身色變，以政務官自命，手操伐桂之斧，口作公鴨之聲；意志勃起，以炫其庸愚。雖一切系務停擺，無恥的清閒竟也受到綿羊們「大邊西瓜」的禮遇……。曾經不由得再度懷念起故鄉的風雨；面對文化教育破產的這座島嶼，上有到處亂講話的最高首長，下有各據山頭的長官們。在這多牧草、綿羊、野狗、蛇的昔之牧地，掛著「內有惡犬和寄生蟲」的南進研究所和中心，圍牆內的大齒輪、圍牆外的小螺絲釘，「長官們」的皮鞋和他人飯碗內的鞋油、鞋刷，小池塘裡的三級權謀，總體荒蕪的理想，……這誤人子弟的行業。馬克思曾經接黑格爾的話頭說，一切偉大的世界歷史事變和人物，可以說都出現兩次。第一次是作爲悲劇出現，第二次是作爲笑劇出現。他們沒有說及的是，許多小事和爛事也往往如此。更何況在此日日驚心的太平亂世，非意願死亡已是總體的日常；在充分尊重準罪犯們的人權和自由之外，似乎唯有祈禱，與及，保險買大一點。

在另一個夢裡，我彷彿看見，一隻似曾相識的四腳爬蟲，半露出鋸齒狀的尾巴，埋伏在牧地灌木的蔭影裡，半掩著鐵般厚的臉皮，專注的啃嚙一足球形的西瓜皮。多麟甲的背上，是被哺乳類消化過的牧草的蒼腐之色。

剛返台後不久的一個黃昏，爲消除學術再生產的土法煉鋼火氣，偕妻到郊外散心，驚見河床上的芒花已經盛開了。「秋天了嗎？」東方牛眠山俯臥，茭白筍田過去是菜園，是玫瑰花圃，是三合院，古老的農業的自然。秋葦芒芒，方始驚覺離家已逾十載。而今，冬意漸深矣。

一九九七年十一月

原載《中國時報・人間副刊》，一九九八年一月六日至七日

枝節

一

房東太太笑嘻嘻的說：「這地方可以讓你們住很久。」

半間三合院，分家後，其中一半蓋成方型三層大樓。剩下的一半矮房，年歲難掩。是我們的鄰居，一對急著想買房子，經濟拮据而乏穩定工作的年輕藝術家夫婦，在看遍小鎮待租售的房子後，介紹給我們的。地勢略高，相當隱蔽，妻子看了喜歡，很快的就決定了。但願這是一個可以住久一點的地方。

L字型，略經整修，並非嚴重衰圮；有許多門，唯都嫌窄。和房東太太商議，將其中一道門加大，花費各付一半。借來了鐵鎚和電鑽，牆是自己動手敲的。在非常忙碌的日子裡，妻子把許多的窗子都給重新拆洗油漆，爲褪色的牆重刷灰水，也爲預定的書房鋪上地磚。

丈夫已經過世多年的老太太，兩個孩子都在外地工作，只有一位孫女陪著。住在鎮上，每天早上在自家門前擺檔子賣豆花，已是數十年的老檔子了。她家隔壁是間米店，心腸好的老闆夫婦，收養了隻身世坎坷的小母貓，前腳曾遭輾斷，沒就醫，自然癒合成不自然的扭曲狀。非常馴服，喜人輕撫，然而喉頭似乎受過傷，發不出正常的貓叫聲，瘖啞而已。我們選擇這地方，其中一個考慮是家中那三隻貓。想讓牠們的日子可以過得更像貓一些。

慣經搬遷，是否能久居，自己也深深存疑著——在大學教育淪爲一種必要的消費的斯時斯島。

二

父親在堤岸上大踏步走，颳著大風，大大小小的一家人緊緊跟隨著。到一個高處，停步眺望遠方，跟隨者在後方擠成一團，臉都朝同一個方向，有點喧鬧。我注視父親略微腫大的喉頭，有一些朦朧的疑問；風吹開他沒扣上鈕扣的衣襟，我凝視他袒露的肚臍眼良久，困惑久之。雖因年歲的關係，卻像重創的傷疤，永遠沒法癒合。後來他們一干人走過一處翠綠叢蔭……我脫隊了，惦記著因匆忙追趕父親以致忘了帶相機，生怕錯過了這難得的一次外出。

因抄近路而爲陌生的高牆所阻。一直焦慮、尋找出口，醒來時仍然回不到野餐一般的現場。

醒來清楚記得我的疑惑，關於父親的肚臍眼——當他終於躺成一具死屍，陰氣森森的死人化妝師在屍體未僵前，曾以粗大骯髒的針筒，使勁扎進逝者的肚臍眼、鼻孔、喉頭，把裝滿的福馬林猛灌進去，約莫各有六、七回。爾後經過一番繁瑣的象徵儀式，諸如兄弟排隊以濕布替他抹手抹腳、扣上扣子、穿上襪子鞋子等，壽衣是全套的長袍馬褂，死去的父親被裝扮得比生前的任何時刻都像中國人，而以中國人的裝扮故去。從衣服到子嗣的服侍，既是最後一次也是第一次。

三

老房新居，在最忙碌的日子裡陸陸續續的搬家。十二月尾梢，返馬發表論文，批判了一位在當地聲譽甚隆、頗具代表性的老作家和他的意識形態同路人，完成了大概會被視為是文學傳統上象徵性「弒父」的舉措。會議甫結束，於深夜好不容易回到埔里，接到母親的電話說：「你還在等什麼？」而緊急聯絡其他在台的弟弟妹妹，也訂了隔天的機票。

之前，於開會期間，自己的論文宣讀後，也曾偷溜回數小時車程外的家鄉看望父親。和八月的情況比較上來，顯然更為糟糕，眞的只剩下一把骨頭，原本高大的身軀，而今躺臥著，只覺得異樣的長，臉也近乎消失了，只剩下顱骨的形狀。見到我相當高興，雖然呑嚥困難，還是胃口大開的喝了三小碗湯——雖然大多從頰角流掉。

母親難過的說，今天他去上廁所，已經站不起來了。已經沒有力氣自己走動……。她指給我看說，他的腳腫了。在醫院工作的姑姑說，腳腫了，沒有幾天可以活了。然而父親的神智仍然十分清醒。

考慮到主辦單位耗了那麼多心力財力辦研討會，不敢久留，也或許是低估了父親的病情。仍趕回吉隆坡去參加一場名爲〈代溝與典律〉的座談。會前會後，一直到第二天在機場，仍不斷的打電話回去詢問狀況。考慮到已請了多天的假，而學校還有一堆課要上，不能久待。離家前，母親即已預言，「你腳一進門，可能就要馬上回來了。」

四

一位家境比我還糟的、靠做清潔工自給的同鄉學弟，因經濟過於拮据，留學五年間父親故去，均無法返家奔喪，唯有在颯颯冷風中展讀帶著時差的家書訃告，對著長興街盡頭山丘上無數的壘壘荒塚與茫茫秋芒，默默流淚而已。

五

醫生搖頭說：「是淋巴癌末期。痛苦可想而知。送去醫院插管子可以多延幾天，可是會更痛苦。」

父親也已看開，自己在倒數計時。

他老早就堅持不去醫院，說要死在自己的家裡。

六

幾度轉換交通工具，凌晨趕回到家，病床上的父親卻異常亢奮。對著趕回來的我們，有生以來首次聽到他對我們說那麼嚴肅的話：你們兄弟要齊心，不然會給人笑死。過往，母親的陳年抱怨，說他從不懂得疼自己的小孩，也從不抱自己的孩子，當然也談不上什麼教。孩子還不如他心愛的狗——每天例常對著愛犬用親暱的鼻音說話，替牠們捉蝨子，寵得變成無法擔任防衛任務的廢物。

也從不問子女在外頭過得怎樣，從來沒有任何的建議、鼓勵或安慰，見著了遙遠的歸來，叨著菸斗，露出笑容說：回來啦。職是之故，父子間的情感，淡漠如煙。彼此慣於相忘於江湖，他的存在，大概很快會被遺忘的罷。

遺傳還是環境的關係，他的子女也大都是情感上的甲殼動物。後來的葬禮，戲劇的看客們希望演出號啕大哭的戲碼，他的妹妹們甚至痛加譴責，也試著引導示範著唱了幾句哭腔，唯曲高和寡。一干人默默的跟著道士演出公式化的地方戲，遙遙的響徹廣東道士們職業的哀歌。看客們的喧鬧，反襯出我們的漠然。深信於父親，死亡確實無非解脫而已。

母親之外，唯有九十餘高齡的祖母，枯坐拭淚涕泣。六十六年的獨子，四十二年須臾未離的貧賤夫妻，料也只能如是。

七

應他的要求，幾個兄弟把他抬上轎車，緩緩開向舊園。在舊居前停下，群犬圍向代替父親進園餵食的五哥。父親伸手指示，那棵種錯地方的香椰苗應移到這裡，原有的那棵樹應該砍去。幾個兄弟難得合作，很快的就完成了。六哥說，他帶苗回來說要給爸種，爸一直記得；五哥說，爸已沒氣力，沒法親自去種，已吩咐他很多次，種在哪裡都講得清清楚楚。有一棵他照他老人家的指示種。另一棵，覺得父親指定的地方陽光不足，而且那地方原來有別的樹，所以另挑了個所在。父親早有懷疑，曾仔細的問他種的位置。不料臨走前，還是不放心。

問他還有什麼需要移動位置的，他搖搖頭。

「小白代表，好不好？」他點點頭。

把他最疼愛的白狗喚來，抱給斜躺在車後座的他，他伸展大掌，使勁、細緩的撫摸著牠的頭，凡三下，而眼角流下淚來。

究竟還是捨不得他的舞台。

八

五哥說，爸爸確實放不下他照料了一輩子的園子。

「都快要走不動了，還想進芭去。他常騎的那輛很重的老腳踏車騎不動了，迷你腳踏車也試著騎。騎沒多遠，就要蹲下來休息，媽媽騎另一輛腳踏車在前面等他。實在騎不動了，就跟我說，『你明天早上載我進去。』載他進到園子，看他走幾步就要蹲下來，好久，再走幾步。已經沒有力氣了。就叫我載他出來。第二天我問他還要不要進去，他搖搖頭。」

母親說，病榻上的父親不讓伊陪在身邊，一直催促伊到園裡去收酸柑、指天椒、番薯及鋤草。抱怨說，她嚴重風濕的腳已無法再做粗活，試了幾回，差點連走路都有困難。父親在過去即曾說過，他希望死也要死在自己的園裡。

彷彿也因此而較能理解，往昔在台灣鄉下諸多稻田裡見著的那一丘丘墳墓，埋著的究竟是怎樣的心情。

母親也坦白告訴他，伊也老了，孩子都有自己的頭路，他這一走，園子就只有荒棄一途。那一點微薄的收成，在這樣的時代，已無人敢於繼承。

也可以說是象徵了一個世代的結束罷。

九

多年來，回鄉照例總帶不了多少旅費。到新加坡、吉隆坡的書店逛幾趟，書一買，總是透支。幾年前，已經在念博士班了，可是因為沒有工作的關係，情況依舊。一回父親突然遞了一把紙鈔給我，三百塊錢，分三疊，都是皺巴巴的舊鈔小鈔，一塊五塊的，所以看起來好大的一疊。

膠樹無汁可收之後，父親在園裡改種上一些果樹，香蕉、榴槤、木瓜、波羅蜜、酸柑等。每天早上騎著腳踏車，載了滿滿一車到鎮上去，在巴刹邊和同樣沒有小販准證的馬來人印度人一塊擺著賣，做一塊五毛的小生意。那疊錢，大體相當於一小山丘的水果罷，也不知道掙存了多久。

一轉念間，還是全給買了書。年來面對著許多已購待讀之書，慚愧而已。

十

在父親告別的舞台，在一處陽光朗照之處，發現八月時偷帶回去的一棵埔里特產的野菜刺蔥，在那兒油綠的抽長發芽。周遭父親用鐵絲網圍了一圈，以防止雞鴨的侵害。念園藝的哥哥經常送他一些他認為「沒路用」（因並非果樹）的樹苗，他嘴角念一念，不久仍會在園中給予生根之地。

行前，我和妻到那失去父親身影的園中，挖了棵藍薑的塊根、兩株咖哩葉、兩種不同的香蕉的塊根等，準備栽於老屋新居之畔。

往昔父親總是在園中某種鋤草或培土，叨著菸斗，生著火堆，幾隻狗陪著。雖不見人，也總肯定是在某處燃著煙。而今，永遠不在矣。

埋骨於陌生的黃土，而非記憶的園地。

十一

搬遷前後，花了許多時間除草，生火堆，把隨處可見的朽木惡草燒去。一回到桃米坑尋訪曼陀羅苗走岔了路，順道繞到山上深處一處小牧場。曾問過毗鄰的農人，言牧場主人住嘉義，很少來。經濟大概頗為寬裕，舒適的平房老屋和牧場均閒置著，是很好的隱居場所。屋子門未上鎖，牆上掛著多幅高山滑雪的照片，內裡擺設略同茶藝館，有一股小資產階級雅痞的氣味。半年前偶然造訪，一隻神精氣壯的小豺犬半是歡喜半是戒備的迎接我們，目光十分聰明討喜。可是這回，見著的卻是隻神情衰頹、無精打采的老狗，彷彿歷經挫折，帶著一股極為深沉的落寞。衰老之速，令人感嘆。見來人並非主人，自顧自的鑽進屋裏，臥在飯桌下，眼光盯著地板，彷彿有極深的哀怨。半年之間，似乎老了十年。

原載《中國時報・人間副刊》，一九九八年六月二十三日

哀暨南

九二一大地震發生迄今已三週，全校師生在台大報到，而我和陳芳明教授各自在整理全毀的研究室中的藏書。

休息時從高處俯視，晴空山下環繞的青山依然美麗，只是多了些尖刻的刮痕。校園異常冷清，甚至可以說近乎肅殺。沒有樓塌，也沒有樓傾斜，外觀上處處清晰可見的彷彿是魔鬼指爪留下的×痕。

我和來訪的同仁聊著，也爭辯著地震以來校方的一連串舉措。吹著深秋微涼的風，也不禁哀傷的想到，本來就幾乎還在原地踏步的這個學校，會不會就此毀了呢？地震以來，其實它精神上的創傷遠遠大於物質上的，形象可說是徹底的給賠了。如果它此後無法在埔里立足，它又能在哪裡立足？

如果只是作爲暫時性的舉措，「大撤退」並沒有錯。畢竟安全第一，逃命要緊。然而接下來呢？

沒有計畫。沒有任何配套的措施。怎樣做是對學校最有利的？

撤離前夕，我騎著破機車，載著妻與生病的小孩，從鎮上到學校，徵詢坐在警衛室門口笑嘻嘻的本校最高決策者，聽他自語說：「有饅頭、有雞腿，學生應該不會抱怨吧？」關於學校的未來，他坦承並沒有計畫，「三、四個月內都不可能上課。你們逃命去吧。」最後補上一句：「我都沒有時間想到你們老師。」

也沒有要我們留下聯絡電話。後來也才逐漸領會這句話的深意：當然也沒時間想到作爲眞正災民的許多工友和職員。

九月二十七日，突然看到新聞說十月十一日到台大報到，十三日復課。大家都覺得不可思議。不是說都是貼上紅單子的危樓嗎？此舉豈不是逼所有的師生在短期回到危樓去整理？

在與昔日「戰友」、今日的學務長最後一次通電話中，問他：一、誰做的決策？答曰：李校長，「新聞稿出去了才找我們到他家開會。」附帶說明：「李校長很強勢。」二、有沒有配套措施？答曰：沒有。學生、老師和職員的住宿怎麼辦？「我只幫僑生找到住的地方。」

這是離原始決策最近的情形。這位曾坦言「李校長不覺得校園需要民主」的過去的自由主義者，到十月十一日晚上民視的「全民開講」中，回答相同的問題：「幾個人做成這樣的決策」卻令人驚訝的「天演」出「相對民主」的理論（「需不需要把所有的學生及學生家長找來才算是個『民主』的決策？」）。

商議著寫讀者投書。次日清晨趕回到埔里，關說的電話便追來了。先是高學務長夫人，接著是積極建立暨大歷史所的徐教務長。然後也不知道是哪個拍馬屁的傢伙說校長找我。而我們也已逐漸知道那位姿態高於高牆的決策者的風格：不管是意見的「上」還是「下」，都必須經過主管，個人是沒有說話的資格的。

大夥各自奔忙。安家，找房子，搶救研究資料，準備上課。

幾經波折，讀者投書登出來了。

十月四日在台大舉行的擴大行政會議，連日素來謹慎膽小的外文系主任都仗義發言：「埔里受災慘重，而我們暨南大學卻什麼也沒做，令我們這些住在埔里的會覺得shame！」而倡議設立暨南大學埔里重建委員會。

馬上被最高決策者吸收進已擬好準備發布的新聞稿，且建議等作『已』成立」，再增加細節。

學問就在這個「已」字。

「已」下的命令，大家只能遵守；「已」做的決策，大家唯有背書。從來沒做的事，「已」經在做。或許這就是「相對民主」的奧義？

十月六日在立法院的公聽會，會前高學務長特別警告翁銘章教授「不要亂講話，監察院已經在查，這時候我們要團結，一致對外。有什麼事情內部溝通」。

怪罪說就因爲我們的投書，引來「蚊子院」的關注。

之前翁教授曾在校園內「面折」〈大撤退〉的作者，爭辯爲何不就地復學，以及爲何對在地職員的生死不聞不問。如果「內部溝通」那麼容易，如果決策者姿態沒那麼高，就不會有那麼多讀者投書。也不會引起那麼大的在地反彈。

仔細的回想，這次的地震對於暨南大學，恐怕更多的是人禍，而非天災。就因爲一個人的專斷和高傲，陷學校於不義，也陷學生於不義。

地震後，由於是開學前夕，校園裡擠滿了老師和學生，要召開臨時的緊急會議並非不可能。撤離時，也根本沒讓老師學生留下聯絡電話。

一再的錯過最佳的時機。

學校有土木系的教授，理應可以做一個快速的鑑定報告供內部參考，以評估就地復校的可能、經費和時間表。

卒意對當權者放炮的英雄主義。

卻要等李總統的直升機降落暨大，「吐槽」一番後，才說要找結構技師公會做詳細勘驗。也錯過了融入社區的最佳時機。

如果決心要離去，「留下的可能」自然沒有被思考的餘地。

如果決定留下，一切困難都有克服的可能。如果要「安全的絕對標準」，那這個處處斷層的美麗之島，理當整個的被遺棄。

當錯誤的決策已做出，便不容許質疑，也絕不可能更改，忠心的下屬拚命設法修、補、整、擦。

捕蚊燈、割草機、殺蟲劑、過濾器。

因而有教務長惡諼寫讀者投書的翁銘章教授。

團結就是力量。無恥也無妨。

讀聖賢書的高級知識分子，發動系所主管，連署了一分支持北上復課的「忠誠狀」，企圖以相對多數反擊想像中的絕對少數。容忍比自由重要？

媒體的嘲諷：「陳芳明、俞旭升等四十八位。」二人是實，四十八位是虛。

同樣的姿態，全校學生連署大背書。

痛心已絕交的「理智」的舊友。只怕再多的衛生紙也不夠用。

面對內外反對的聲音，決策者便牢牢擁抱學生。宣稱是受教權的維護，然而早已有明眼人指出，這樣的「落跑」且繼之以無盡的大言不慚，恰恰是最壞的機會教育，也恰恰是最壞的高等教育示範。

而讓大學退回到象牙塔去，甚至退化到襁褓的狀態。

也難怪在好幾個公開的場合，暨大學生都相當一致的以幼稚園大班的口吻：我們都支持李校長！我們也很關心埔里！每天看新聞都很難過！但我們最重要的工作是讀書！我們現在回去只會成爲當地人的負擔！等他們重建得差不多了，我們再回去協助重建！我們也是災民吔！

令我慚愧的是發現自己原來當了三年幼稚園老師。

口徑竟然如此一致？

沒有其他思考的可能？是業經「高人指點」還是我們的大學生原就缺乏思考的能力？

趨易避難，人之常情。然而大學所標榜的是理想性，豈能把自己放在那麼低的水平？果然如此，何需大學？

從思考、反省到實踐還有一段距離，令人心寒的是，如果思考已經不可能——更甭說對不可能進行思考——大學教育最可貴的一部分也就蕩然無存了。精神淪喪至此，原就以「遊山玩水」著名的暨大學生，看來不只沒有被這次悲慘的地震震醒。反而是最壞的一部分（自私）像車籠埔斷層那樣高高的隆起。

地質斷層沒有經過暨大，然而地震卻震出了道德上的斷層。拒絕對其餘的可能性進行思考，更拒絕對不可能進行思考，趨易避難，也一舉震碎了埔里人對暨南大學的崇高想像。套句馬來人的諺語（常用來諷刺華人）：「房子著火了，老鼠先逃走。」奉行老鼠道德，如何讓「聲教遠暨於南」？

以包尿布的呵護心態擁抱學生的決策者，竟向教育部申請每位學生三千元的災民住宿補助。可恥呀！

也即是陷學生於不義。

而給老師的糖是，每日四百元的膳雜費。

「總之，報出去再說。」陰陽怪氣的聲音說。

可恥啊，這些假災民。

一面說要保障受教權，要有尊嚴，要絕對安全；另一方面卻抱怨台大處處刁難的情形下寄人籬下，付出高額的搬遷費及租金，且晝寢夜出。

地震並沒有把校長宿舍的高牆震倒，倒是把許多朋友給震成了陌生人。震毀了以校長爲首的知識分子的形象，震出了逃難心態，震垮了校譽，也震寒了埔里人的心。

是的，如果在埔里無法立足，也許可以遷到沒有地震的南洋，倒也便於聲教遠暨。

都怪蚊子院壞事，以愚蠢的行動引起公憤，遮蔽了英雄主義者的不義，更造就了他的英雄主義。

安全的絕對標準，相對民主。你們贏了，我們輸了。然而學校信譽破產了。幼稚園園長萬歲!!

嗚呼！知識分子

哀哉！暨南大學

原載《中國時報・人間副刊》，一九九九年十月二十四日

亡者的贈禮及其他

剛過去的這個暑假最令我震撼的莫如岳父的猝逝。不過六十歲左右，一慣鐵齒硬朗，年輕時且愛打老虎射山豬。妻是長女，且是他最疼愛的女兒，容不得任何考慮，舉家奔喪去也。此後發生了許多令人感慨或感傷的事，一言難盡。一個莫名其妙的意念在頗長的時間裡一直縈繞著：人，眞的是會死的。

其後妻的妹妹（她有好多妹妹）告訴我，當年我寄回來的那些書，被白蟻吃得只剩一箱了。我在岳家空置的陰暗房間裡被棄置的桌椅皮箱五斗櫃床板腳踏車羽球拍魚竿裡翻找了大半天（可能摸出一團睡眠中的蟒蛇的機率還大些），就是沒找到據說被白蟻吃剩的那箱書。

只撿回前兩年妻送給她囊空如洗的大弟遠赴緬甸打工的一個大旅行箱，還好沒給她家養的老鼠給啃了。

她家就是那樣。母雞大白天大搖大擺的走進去，在被窩裡下蛋，小心翼翼溜出去，在門外咯咯咯大聲炫耀。有空再偷偷進去孵。所以往年我到他家都不敢抬起頭來看人，以免踩到雞屎。

其實我已不太記得究竟是哪些書，或究竟有幾箱。

在我淡水念書的最後一年，妻回家鄉的中學當老師。其時我覺得在台灣的學院實在混得沒意思，考慮說也許畢業後就回鄉算了，就把一些「沒有用的書」（和學位論文的寫作無關的）寄了回去，大概都是些「沒有用」的文學作品，一些翻譯小說、經濟拮据的大學時期從各個舊書攤辛苦搜集的雜書。

有一年我們回鄉，妻發現她沒帶走的舊衣服、個人收集的紀念品、書信（大部分還是我的「傑作」）、相簿、日記等都像展覽品那樣在她家隨處陳列。這或許是嫁出去的女兒的感傷和難堪。而在葬禮後，更大的一個感覺是：只怕又一個家要散了。

因讀大江健三郎《換取的孩子》而去看伊丹十三初出道時執導的電影《葬禮》，而想及我岳父的葬禮，及想了兩年——部分緣於材料不足——還沒動筆寫的一篇以葬禮爲主體的小說。《換取的孩子》讀來令人震撼，把一個可能會被拖向八卦事件的垃圾箱的摯友的死亡，做知性的充分開展，以法國天才詩人韓波的〈訣別〉爲綱領，敘述者和死者的青春盟誓：

秋天。我們的船行駛在靜止的迷霧之上，轉向苦難之港，火焰與污泥點染的巨大城市。啊！腐爛的衣衫、淋濕的麵包、酩酊大醉、將我釘在十字架上的萬種柔情！這吸血的女王尚未甘心……

……一艘大金船從我頭頂駛過，晨風輕拂著繽紛的彩旗。我創造了所有的節日，所有的凱旋，所有的戲劇。我嘗試過發明新的花、新的星、新的肉體和新的語言，我自信獲得了超自然的神力。……（引文據〈永別〉，王以培譯，《蘭波作品全集》〔北京：東方，二〇〇〇〕，頁二二一）

經歷了磨練與輝煌、最終是孤獨和死亡。韓波這首詩驚人的準確的概括了藝術創作者可能經歷的盛衰，和詛咒一般的命運。好羨慕敘述者出航時有這麼一個資質絕佳的夥伴。感傷生於那個飢渴嗜讀而沒有好書可讀的窮鄉。

晚年的大江，經由繁複的引文和沉思，把亡者的贈禮一層層昇華，讓原本向世俗醜聞墜落而腐臭的亡者的屍身，化爲這對曾共同許諾過青春盟誓的舊友，給下一代的金光閃閃的贈禮。不只應答了「然而竟沒有一隻友愛之手！去哪裡求救？」更以語言不可思議的力量，「發明新的花、新的星、新的肉體和新的語言」，讓他在綿綿的哀思裡藉著悼逝者強大的知性以莊重的重生。首先把死者置於日本現當代藝術與文化生產的複雜脈絡裡，勾勒出同時代的藝術許諾；再以「那件事」爲核心——哪個人的成長沒經歷過或多或少的「那件事」？——悄悄的把死者和日本戰後的國族命運、罪與罰、日本的現代性等等勾連，於是死亡事件便昇華成爲日本現代的象徵獻祭；接著把它置入母性（一種源於物種本能的徹底的愛）的框架，喚取人類最古老的力量來給日本現代的創傷做應答。小說藉由「把你再生回來」的母親對病危的孩子不可思議的母性的許諾，與及「繼承亡兒的語言」的知識人對共同體相應的倫理承擔——作爲被重生的孩子的道義承擔——更深刻的推進大江景仰的魯迅救救孩子的命題。於是個案的、偶發的死亡事件便被賦予了厚重的倫理向度。

如此的知性開發、重生儀式，發人深省。是大江給故人辦的特殊葬禮罷：一艘大金船從我頭頂駛過。

「每個人都是被偷換的孩子」、「每個人都是亡兒的重生」的確像是個存在主義的命題，也有著精神分析上的學理依據。起源的失落。那是對創傷的更具體的命名。人這種動物脆弱的自我同一性，心靈其實像爬蟲類那樣會褪皮，動力正來源於創傷。

此間新聞不止一次報導九二一後不少母親失去孩子，有的母親（印象中至少有兩個個案）堅持「要把他們再生回來」，即使她已過了適育之齡，甚至早就做了結紮。但精神科醫生說，有那種想法，表示她們沒有、或不願意走出傷痛。但她們眞的做到了。

「喂我爸死了咧」岳父死亡的消息，是妻電話講到一半向我拋來的一句孤立的話，四歲的兒子在一邊聽到了，想一想，跟我說：「叫媽媽把他生回來。」

此後讀了奈波爾（V. S. Naipaul）二十幾歲時寫的傑作《畢司沃斯先生的房子》（*A House for Mr. Biswas*[1961]；中譯本：余君民譯[南京：譯林，二〇〇二]）相當震撼。這本書的中譯遲到了四十一年，它比我足足大上六歲。它的中文化也比後殖民論述的引進晚了至少十年。也許外文系的朋友對它早已熟稔，可是對於它的絲毫沒有激起什麼積極的效應——不論是創作上，還是對問題的思辨——還是十分令人遺憾。我始終覺得作品比（後殖民）論述豐富得多，雖然論述更可能也更可能占據（學術）權力的位子，而直接在學術市場與學術權力空間中發揮它的政治及學術效應。

奈波爾的父親心臟病發猝逝於一九五三年，死時還不到五十歲（一九〇六——一九五三），夢想退休後可以多一些時間寫作，不料卻死於盛年，來不及看到自己唯一的一本長篇小說的出版，更別說看到兒子成爲名副其實的作家。讀奈波爾父子間的《家書》（一九五三年十月），特別可以感受到死亡造成的突然中斷：其中一方的信沒有了，他不再說話，而所有的人都在談論缺席者的死亡。

是愛好文學的父親給予奈波爾最初的文學滋養，興致盎然的爲他朗讀作品裡優美的片段，他的文學夢想也傳染了兒子，讓他十七歲就立志要當作家。很早就立志當作家讓奈波爾提早做了充分的準備，在很好的基礎上逐漸開展出宏大的視野，準確的構築他的文學地圖。

《畢司沃斯先生的房子》以四十餘萬字生動的捕捉了千里達封閉的印度人家族和社區，那種紛爭齟齬或相濡以沫，殖民地的無望和哀傷，有限的上升之路和被壓抑、甚至被摧折的夢想，在英國人借來的時間和借來的空間裡，那些永遠失去祖國的移民的孩子們。那不正是我們的世界嗎？

甚至此島，那些自認眞本土的視野狹隘的舊移民的後裔，不是被困於殖民主義給予被殖民者的封閉的想像視野裡？

小說裡那個一直想要爲自己和家人蓋一座房子卻屢敗屢戰或屢戰屢敗的父親，不正是所有殖民地移民後裔中夢想家一族的寫照嗎？

論者普遍認爲那是他追悼亡父之作。也許每個父親背後都有一個巨大的世界，端看我們是否有能力把它建構起來。父親身世投影出來的深宅大院，有老樹濃蔭。那也是孩子虔心爲他一磚一瓦搭建的墓穴，他未了的夢想。亡者的贈禮同時也是生者給逝者的愛的贈禮。若無力或無心建構就沒有遺產可供繼承，只剩下無端受之於父母的，易朽的身體髮膚。

年輕的奈波爾爲自己和父親蓋了座大房子，那也是後殖民文學的一座深宅大院。把它歸爲寫實主義而打發它，不過是錯失了一筆巨大的後殖民遺產。有時不免懷疑，我們這個貧乏的世代，是否都在抄（後）現代主義的捷徑，以致眼界愈來愈小，甚至目光離不開肚臍眼，或者下腹那巴掌大長滿毛的地方？

二〇〇一年奈波爾在接受訪談時有一段有趣的小說史觀察，以一八三四年爲起點，指出小說世界的一場接力革命：

> 就是那時，巴爾札克——爾後不久，狄更斯——開始寫作了。福樓拜在一八五七年寫出了《包法利夫人》。莫伯桑則較晚，在十八世紀八十年代。所以在不到五十年的時間裡所有這些偉大的樣板都已經出現了，接二連三的。在寫作上這是一個不同尋常的時期。我認爲以往從來沒有一個像這樣的時期，**因為這種形象的寫作使得人們可以擁有他們的社會**。這就是這些

作家給予人民的最不同尋常的禮物——**看清他們的社會的能力**。（Farrukh Dhondy，〈奈波爾訪談錄〉，《世界文學》二〇〇二年一月號（二〇〇二年一月），頁一三一。引者著重。）

「因爲這種形象的寫作使得人們可以擁有他們的社會」不只是個了不起的論斷，更是個不凡的許諾。那需要多強大的目光呵。或許我們可據以把奈波爾稱爲小說的社會學家，在消費的——圖像的——全球化時代他重提小說的社會道義。當小說家不再觀察社會（廣大的共同體），小說（甚至文學）是否就萎縮了呢？值得深思。

有一回妻突然問我，小時候有什麼夢想。我說沒有。父母太多產了，我們都是走一步算一步的長大的，能沒殘沒廢的長大就不錯了。其實到今天也還是那樣。

命運有一部分是不可測的，就給它留點餘地吧。

父親故後，有一回我想，只怕他對孩子們的期待也不過是：

一、平安健康的長大；

二、自己賺錢養活自己。

（有餘力的話，捎點錢回家支援那些過得不好的兄弟姊妹。）

小學時有個老師出了個類似的作文題，記得我的回答是海盜。鄉間教師大驚小怪，我現在還清楚的記得，那時就已恨透了樹樹遮蔽了遠方的視線，渴望大海，可以看到地球的盡頭；或大草原，可以望向遠方無盡的蒼茫。

最近看了日本卡通《海賊王》，眞是心有戚戚焉。有那樣的夢想眞好。

後來也想過，或許可以在故鄉開間全國選書最精的書店。但技術上有困難。除了少數幾個大都會，凡所謂書局都只賣教科書和文具。而我覺得賣爛書會羞辱到自己。好書的話，若是購買者看起來很衰，配不上它，也不賣，免得書被玷污。

就好比這些年教書，有時發現費盡苦心找來的精采讀物，學生的表情竟像是面對一坨嚼過的甘蔗渣，或乾脆是牛屁眼擠出來的那種雜貨。

寄回家鄉的書很少聽說有人會去借來讀。新一代物質更豐裕了，可是沒聽說有誰是特別愛看書的。於是寄書回去就像是寄去給那高中初中時代的自己。當我發現這一點，就決定不再寄了。最近的一本小說集，竟也是寫給那時候的我看的，苦悶青春期的少年，需要好好的笑一笑。

不知是否充分繼承了亡兒的語言？是什麼時候被稍稍偷換了的？

從海盜的觀點來看，馬來半島和印尼之間的馬六甲海峽一直是個偉大的航道。

二○○二年十一月十六日

原載《聯合文學》一九卷三期（二○○三年一月）

輯二

寫在家國之外

一、最後的辮子

一八八〇年左右，幾乎也正是後來以翻譯《天演論》而名聞天下的嚴復從英倫回返中國的時刻，年方二十三歲的殖民地華人辜鴻銘結束了他在歐陸將近十年的漫長留學生涯，搭乘著英國東印度公司開往東方的豪華輪船，時時背手甲板上，踱著步，睥視著滔滔綠浪，歷經多月的航行，志得意滿的回到了開埠不到一百年的大英帝國殖民地檳榔嶼，他的出生地。那是一座被英殖民先鋒萊特（Light）於一七八六年占據之後命名為「威爾斯太子島」的彈丸之地，百年來已開發成一顆閃亮的東方明珠。其時那兒充斥著維多利亞式洋樓，商棧、洋行、豬仔客館、華人商店，華人住民占了百分之八十以上，空氣中迴盪著並不太流利的英語，和略略變調的閩南話。

在這十年間，他大部分的時間待在他那自詡「日不落國」的殖民母國。在英國養父的監護下受了完整的西方教育，過著英國式的生活，剪掉了象徵大清帝國子民的髮辮，獲得了愛丁堡大學文學碩士榮譽學位；之後到德國萊比錫，不久更獲得土木工程文憑[1]。身爲一個殖民地的孩子，一個「海峽土生華人」（Straits-born Chinese），以罕見的機運受了那麼完整的「純正」西方教育，能夠像西方菁英那樣精通英語、德語、法語、現代希臘語，掌握歐陸文學、哲學；並且由於生於馬來半島，祖籍福建，因而又可以掌握閩南方言、潮州話、華語、馬來語等等——多年以後甚至有人描述，他的第一語言竟然是淡米爾語[2]。不管怎樣，憑他的出生背景和過人的語言才能，在英國人「以華治華」的政治策略下，他在殖民地文官的系統中，理應比別人有著更好的機會，有著爲所有殖民子弟夢昧以求卻可望而不可即的黃金一般明亮的前程。然而，沒有人料到他竟然會有那樣出人意表的未來。誰也沒有想到——在他奉派任職新加坡海峽殖民地政府不到一年，就突然辭職，回檳榔嶼，蓄髮留辮，更服易冠，且在不久之後毅然投身到日薄西山的晚期中華帝國褪色的懷抱中去。一八八五年，入張之洞募府，垂二十年之久。民國以後爲蔡元培所聘，任教北大。

此後的許多年裡，他一步一步走著和近代中國逐步朝向西化的進程相反的道路。和所有新一代中國知識分子在那必經之途的古老殘破階梯上擦身而過，只是彼此奔赴的方向不同。他不徐不緩，向上面那昏暗得近乎沒有光的所在移動著腳步，身後的髮辮和影子越來越長，身上的衣冠愈發古舊斑爛，瓜皮帽上也顯出了油亮的光暈。有時他也會停下步子，看看擦身而過的年輕人，他們所奔赴的似乎是他並不陌生的遠方，那光耀著白色金屬光芒的所在。他冷冷的瞧著他們匆匆剪去了辮子，換上了西裝，朝他狠狠的投來鄙夷的目光。階梯上堆積著越來越多的斷髮，時代之風挾著濃嗆的硝煙炮火屢屢襲來，令他步伐蹣跚，雙目浮膧，可是不論時局多麼困難，他終究沒有回頭，既沒有回到他過去的殖民母國，也沒有「避秦」到故鄉檳島。他最終被蓋棺論定爲「中國文化的保守主義分子」，而默默的老死在古都北京。

辜鴻銘一生著述不算特別豐富，大都用外文發表，所關切的無非是中國事務。在中國人對自己的一切都失去信心的年代，他和其他學植深厚的中國士大夫共同選擇了承擔中國文化的興亡。差別在於，其他人是以典雅的文言文寫作，對象是國內的知識階層；而他是以其特殊的殖民地子民長才——他所精擅的外文及對外國事務的了解，來向船堅炮利、得意揚揚的殖民帝國主義者宣揚中國文化，及進行切中要領的批判[3]。流光逝水，大勢所趨，在他亟亟爲自己進行文化淨化，企圖把身上深入骨髓的西化之血給換去，以使自己成爲一個比同時代其他的中國人更爲純粹的中國人時：悲哀的是，他無法選擇他的時代，而爲老中國所選擇。他成了中華帝國政治和文化上最後的遺老，古舊卷軸上嶄新的蓋章。他以他出人意表的言論、衣著、髮辮、思路，在受西方文化啓蒙的一代中國知識分子的心目中留下了殘破時代不可磨滅的扭曲印象，和他的同時代人章太炎一樣，這種共同印象被旁觀者凝縮爲兩個字：「古怪」。可是他在中國人心目中的地位遠不如同時代的洋人學者；至於馬來半島或檳城的華人，大部分都不知斯氏爲何許人也。在他遠離故鄉的同時，故鄉也把他在那兒殘存的身影給擦拭掉了。

然而，爲什麼是辜鴻銘？爲什麼是怎麼一個西化得如此完全的海峽華人，往往被譏爲「數典忘祖」的峇峇，最終卻如此的中國？這是一個悲傷的隱喻還是一則歡悅的寓言？

二、失文的新客

一八四二年以後，隨著中華帝國政治經濟的逐漸崩潰，英國東印度公司因勞力需求而發出積極的召喚，中國華南華中的居民大舉往南洋遷徙。在這些遷徙者中，有相當大的一部分是被私會黨人以誘拐的方式騙上船，訂立了苛刻的條約，像貨物那樣被運往當地。這便是所謂的「契約勞工」，俗稱「豬仔」。這一大批移民迅速的開發了半島的西部，也徹底改變了馬來亞、新加坡華裔人口的結構：相較於辜鴻銘那類被英殖民文化深浸、早一步步入近代的土生華人，這些被土生華人稱爲「新客」的晚來者占了華人人口的大多數。他們帶著晚期帝國遲滯的前現代時間性，也沒有海峽華人那麼幸運有機會受教育，他們幾乎都是文盲，對外在大環境的變化所知有限。作爲晚期移民一分子的我的祖父母，雖然幸運的免於淪爲豬仔，卻無法免於作爲晚期中華帝國的文盲，一輩子都不曉得自己名字的漢字形體，只知道它的閩南發音。這種集體的無法運用文字，使得他們的集體記憶沒法以文字的方式保存，因而使得他們的存在在時移事往之後急速的抽象化，細節模糊，骨架鏽損。從祖母頭腦清醒卻似乎永遠語焉不詳的敘述中，只感受到那種令肉身急速衰朽的時代的痛苦，卻無法掌握細節。勉強能掌握的，似乎只是勉強能稱之爲「母題」的共同元素。

他們的心事支離破碎的流散在一代比一代更爲稀釋的口述裡，生存的急卻令許多子孫「數典忘祖」，一任祖輩過往的一切隨風俱逝。只在斯土留下越來越蒼白的墓塚，名姓被抽象的銘刻在墓碑上。沒有細節，就沒有過去。然而從殘剩的話語裡，我們也可以知道當年許多遠渡重洋的華人南下，並沒有想到竟會終老於斯。他們一心想回去，因爲家人都在那兒，遠渡重洋只是爲了衣錦榮歸，爲了讓家鄉的親人過更好的生活。在中國危難重重的年代，「南洋」在那時代人的集體記憶中已從「瘴癘之地」昇華爲被憧憬的天堂，是衰敗的老中國物產豐饒的大後方。事態朝無法預測的方向轉變後，回不去了，還是不回去了，那時代人的心理轉折也沒有留下多少文字紀錄。從「過番」到「留番」甚至「入番」，他們的鄉愁只有銘刻了古中國農業時代的時間性的「農曆」，和相應的節慶中顯現。或者在方言，在祖籍，在會館，在姓名，在商店的招牌，家門口的郡望匾額；在筷子和糯米和香菇及所有中國進口的事物，在嬰兒的乳名，在墳墓的形制，墓碑上的套語。

除了一些基本的道德訓誨、彷彿業經實踐檢驗的傳統美德之外，後來我從一些我們這一代新客的兒孫輩的文字中發現，祖父們的遺言似乎都有一個共同的重點：「讓子孫讀書。」讀什麼書呢？不言而喻，讀中文書。學華語。然而，他們並沒有強調要他們的後裔回中國去，是中國生活的痛苦記憶牢牢的困鎖著他們臨終的記憶？

雖然不識字，他們卻比土生華人更爲自豪。峇峇是他們對後者的蔑稱，帶著諸如「雜種」的潛在嘲罵。甫來自中國的祖父輩們，到底是認爲自己的中國血統比較純粹吧？可是在敵意的環境裡，如何免於「三代成峇」，走向土生華人的老路？標準答案是教育，華文教育。然而，歷史的事實告訴我們，許多東南亞國家的政府及主導族群都把華文教育看作是華人抗拒同化的主要建制，是華人和中國不肯切斷的血緣臍帶、是不忠誠的表徵，它讓華人和上個世紀一樣「保留了外國人的屬性」：說外國話，寫外國文，看外國書。雖然這所謂的「外國」指的是他們的民族屬性。

沒有人會想到自命「土著」的先來者（馬來族群）竟比英殖民主對其他族群有更大的敵意，更缺乏寬容。從詩云子曰的方言學校、林立的華文中學到建立於獨立前夕，以華文爲媒介語的南洋大學（一九五五—一九七七），不論是殖民時代還是國家獨立之後，教育對華人而言始終有它持續的迫切性，往往不惜全民動員。也許因爲這樣，在馬來西亞建國以來的三十多年間，華文教育的「存亡」一直是種族關係的張力表面，楚河漢界。一九六七年，祖父過世，我誕生的那年，新加坡被逐出馬來西亞之後的第三年，在教育部長宣布所有欲到國外深造的學生，不論種族，馬來文都必須獲得優等之後，華人倡議自己籌款建立以華文爲教學媒介語的「獨立大學」。然而，在土地與經費都取得之後，卻一直被官方否決。焦點之一是媒介語問題，華文，是官方視域中的外語。況且官方並不允准設立私立大學（按：二〇〇〇年後，稍稍放寬），甚至增設華文中學都不行。而新加坡獨立之後，南洋大學已不再是南洋大學，而是新加坡的大學。

早在一九二一年，也就是辜鴻銘靜悄悄的老死北京之前六年，生於中國、在新馬發了大財的南洋華人巨富陳嘉庚（一八七四—一九六一）回福建廈門設立廈門大學，在這之前他已爲鄉人建立了集美小學和中學。獨立支撐十六年，爲了維持大學的支出而讓自己瀕臨破產，死前的遺言之一卻是「學校要繼續辦下去」[4]。許多年後，在大馬因爭取華文教育而付出慘重的代價——被奪去國民資格（褫奪公民權）以致半生失業潦倒的「族魂」林連玉，正是陳嘉庚在廈門所創辦的集美師範第五組的學生，他和所有其他畢業於陳氏所創學校的學生一樣，尊稱陳嘉庚爲「校主」[5]。

陳嘉庚之興學於故里，一方面當然是爲了補救中國南方教育建設之不足，另一方面也是爲了讓有心求學的南洋華裔子弟在他所認定的祖國有個較爲方便的去處。誰也沒料到，獨立之後，華裔到中國的求學之路也在政府恐共抑華的政策下被阻絕。陳嘉庚做夢也沒想到，此後華裔子弟唯一和中華文化有關的去處，竟會是他臨終前耿耿於懷欲「收歸祖國」的台灣。

三、「天生蠻性」

辜鴻銘的曾祖父辜禮歡是來自中國福建的第一代移民，和英國殖民先遺部隊共同開發了檳榔嶼，因爲幫了殖民者的大忙，而被封爲檳榔嶼首任甲必丹。此後幾乎每一代都有政經上的顯赫人物，或爲鉅富，或身居高位，在殖民地呼風喚雨，然而在文化上卻默默無聞。在這一點上，辜鴻銘可說是做了一個有意思的補充。

大概沒有人可以清楚的知道辜鴻銘是怎麼學習中文的，他並沒有內地中國知識分子家庭那麼豐厚的家學淵源。即使幼年曾經短暫的上過方言私塾，也因十歲即去國而中斷，成年歸來以後，大概不免要從頭開始。箇中艱辛，也許早已成爲他個人內心深處的隱痛，不足爲外人道。雖然掌握了那麼多種文字，可是他似乎頗吝於爲自己的鮭魚歷程留下一點珍貴的心靈紀錄。和那群失文的新客一樣，他讓自己傳奇的一生留下了許多的空白，這是怎麼一回事？是因爲那種文化上的深切痛苦只能用深沉的緘默來無言的表徵？它已超乎歷史，而注定流衍爲傳奇？在對他的後輩凌叔華開玩笑的概括自己的一生時，他只用了極少的字：「生在南洋，婚在東洋，仕在北洋。[6]」純粹只是遊戲筆墨，草註平生。

辜鴻銘的緘默，也許我們可以以另一位同樣有名、小他十二歲，對新加坡馬來亞政治及文化有重大影響的海峽土生華人林文慶（一八六九—一九五七）的轉變來做一點間接的補充。林文慶也是一個傳奇人物，是海峽殖民地第一位獲得女王獎學金的華人，和維新派領袖康有爲及革命派魁首孫中山都有頗深的交情。在二十世紀初期於新加坡倡導儒學復興、提倡華語，積極介入海峽華人的「重新中國化」及中國身分。和辜鴻銘不同的是，他是一位鉅富，僑領，對於殖民地家鄉的事務涉入極深，同時也曾傾全力協助陳嘉庚建設福建廈門大學。林文慶年幼時在新加坡受正統、完整的英文教育，一八八七年獲女皇獎金往英國愛丁堡大學攻讀醫科。對於西方文學、文化頗下工夫，因而西學根柢頗深，更被時人譽爲語言天才，號稱通曉華語及各種漢族方言、馬來語、淡米爾語、日語、德語、法語、希臘語等。

他原是個不諳華語不識中文的土生華人，留學英格蘭時，由於在中國學生面前無法以華語交談，又因爲不能替一位講師翻譯一份中文習卷而大受刺激，因而立志苦學華文[7]。返新以後，更定期花時間學習，以致後來也像辜鴻銘一樣，以英文向歐籍人士介紹儒家思想，晚年更以英譯《離騷》而轟動一時。同樣的，林文慶的痛苦他自己並沒有留下文字資料，只保存在他親人的記憶和口述中。

海峽殖民地的時間是借來的時間，交織著現代與前現代，進步與落後。作爲洋化的華人，有的一心想和中國身分切斷關係，以求做一個純粹的大英子民；有者卻固執的保守著殘存的中國表徵：纏足、蓄妾、蓄髮、反女學、抽鴉片……等。林文慶作爲一個時代的新人，他極力反對腐敗的老中國習氣，就這一點而言，他和辜鴻銘有著顯著不同的：他以「去蕪存菁」的方式再中國化自身及同時代人。然而，從林文慶的選擇也可以反襯出辜鴻銘的選擇其實也有著潛在的殖民地淵源：他溺愛既有的中國，舊的整體。不識中文、不會說華語的土生華人，一直到二十世紀中葉，在他們婚姻慶典上，仍然可以看見完整的中國古裝：男的長袍馬褂，女的彩衣鳳冠……。對於辜鴻銘而言，他似乎選擇以他的衣冠髮辮表徵了海峽華人文化上的尷尬，一種選擇性的退化（regression）和精神分析意義上的固定（fixed）於過去某個他不願它流逝的時刻。和小峇峇們的最大差別在於他敢於立足於北京，而非小小的海峽殖民地；向世界，而不只是向殖民地或中國展示。

這麼一個誕生於特殊地理——歷史縫隙的怪物，他那凝結著錯亂的時間性的物質形象，給從胡適、羅家倫、周作人、魯迅、沈從文等許許多多五四時代的文化新人留下了不可磨滅的印象。魯迅譏他是「天生蠻性」；周作人〈北大感舊錄〉記下他的形象：「生得一副深眼睛高鼻子的洋人相貌，頭上一撮黃毛，卻編了條小辮子，冬天穿棗紅寧綢的大袖方馬褂，上戴瓜皮小帽。」在集權主義下被放棄小說寫作的沈從文在罷筆多年之後，在外國人面前談自己的北大經驗時，提到辜鴻銘在這些時代新人面前戲爲他那「一條細小焦黃的小辮子」辯護，說了段深刻的話：「你們不用笑我這條小小尾巴，我留下這並不重要，剪下它極容易。至於你們精神上那根辮子，據我看，想去剪可很不容易！」他保留了保守、落伍的物質表徵，讓不可見的事物有著可見的形式，辮子於他，猶如一塊鮮麗的瘡疤，是時代的病癥，他的肉身承擔。

同樣承載著「落後」的象徵，一九二六年杪，辜鴻銘逝世的前兩年，時任廈門大學校長的林文慶因在廈大公開倡議尊孔、保存國故而受到激烈反傳統的革命戰將魯迅的公開批判，後來更演變爲嚴重的學潮，林文慶不只被魯迅譏封爲「英籍華人孔教徒」，且廈大激進學生通電全國「打倒林文慶」，大大的刺傷了這位熱心祖國教育、活在中西古今文化矛盾中的海峽土生華人的心。他之鑽研《離騷》，恰在斯時，不爲無因。

對於魯迅之類生在中國之內的士大夫而言，林文慶、陳嘉庚之流的華僑，不過是一介暴發戶；身在中國之外，即使是像辜鴻銘那麼努力的「重新中國化」，仍不能免於「天生蠻性」，中國文化的興亡再怎麼說也輪不到他們來承擔。更何況，他們的思想言行總是荒腔走板，時空錯置。猶如羅家倫在〈回憶辜鴻銘先生〉所指出的，辜鴻銘的中國文學由於是回中國以後再努力學習的，因而總覺得「不自然」，「同他在黑板上寫中國字一樣，他寫中國字常常會缺一筆多一筆而他自己毫不覺得」。相較於中國士大夫，作爲文化人，他們要不是多了一筆就是少了一筆；更要命的是，他們「自己往往毫不覺得」。他們無法看到這種總體差異。

四、分別文

三十多年來，中國的留學之路阻絕，遠道赴台就讀中文系的學生總數逾千，大部分在大學畢業後都回去，留下繼續深造者寥寥無幾。之所以如此，可能的原因很多，其中非常重要的一個是：中國文學博、碩士，回馬之後沒有理想的出路。舉國並無漢學研究機構，官方也不承認台灣的文憑，即使是大馬唯一的中文系（馬來亞大學中文系），似乎也只看重英美漢學研究機構的畢業生。即使是在中文系，畢業論文還是必須以英文或馬來文撰寫。中文，沒有位置。

歸去的中文系學生，自然的成了對華文敵意的國度中文化薪火的傳承人。他們除了構成了華文獨中基本的華文師資外，有的成爲記者、編輯、作家，謀生於文教機構，和其他堅持母語教育者一樣，成爲政府眼中的「沙文主義者」，不忠誠的外國人。中文，在他族敵意的眼光中，幾乎就是華人固執的無形辮子，古老帝國的烙印。

然而到了我們這一代，再也很難找到中西文化素養如辜林二氏者。即使是英文，也已失卻殖民時代的先天環境。雖然有人在來台念書後，以一種心理補償的急切亟力重新中國化，中文力求比台灣人還典雅，「國語」也力求字正腔圓。然而不管怎樣，表現出來總覺得「不自然」。要麼是「過度典雅」，再不然——更爲普遍的情況是——不管如何小心翼翼，筆下的錯別字彷彿有它自己的意志，在難以察覺的情形底下，顯現出我輩結構性的在外，以它差異的形態表徵我輩的無奈；也總是會有一些讀錯或讀不出來的音，在古籍中向吾輩堅持它意味深長的緘默。

五、省文

辜鴻銘之所以在回鄉不久後突然做了一百八十度的轉向，一般記載都認爲是受了馬建忠的影響。學貫中西的馬建忠，中國第一部文法書《馬氏文通》的作者，於光緒辛巳年（一八八一）「奉合肥傅相面諭，往辦鴉片事件，遂有南洋之行」，據吳相湘所云，馬氏：

「途經新加坡，寄寓海濱旅館，辜鴻銘前往訪晤，一見如故，三日傾談，竟使辜鴻銘人生觀及生活方式作一百八十度轉變，即傾心嚮慕華夏文化，決定返回祖國，研治經史。」

根據馬建忠記載自己南洋之行的《南行記》（記光緒六月二十三日迄八月二十六日南行事），其中往、返均曾途經檳城及新加坡。去時逗留四天（七月二十三至二十六日），第一天因天候因素無法上岸，吳相湘所謂的「三日」，當指這趟而言（回時只逗留兩天，即八月十四至十五日）。然而在馬建忠的記載中，不論去程還是回程，都無辜鴻銘之名。文中所記訪晤，七月二十四日：「……乘車往謁本埠英撫味爾德，則已往檳榔嶼矣。順道訪中國蘇領事。午後訪代理本埠軍市米德，……」二十五日：「蘇領事湝清來答拜，接晤少坐，……。午後乘車至匯豐銀行囑買船票，順道訪蘇君小坐，遂遊公家花園，野花雜樹無足觀者。尋訪滙豐行主，於其家晤談。天欲暮矣，遂赴胡園晚餐，同席者爲英文案，張繙譯，及船政局購買木料科委員余姓者，園主人胡君之子亦與焉，席散回寓。」所晤者都是當地頭面人物，然而甚至連個姓辜的都沒有。這是怎麼一回事？是因爲辜鴻銘其時太過於渺小而被省略？傳述者所根據的原始出處究竟又在哪裡？

有趣的是，三天後（二十八日）馬建忠抵達辜氏的故鄉檳城，晤富商顏金水；次日「中國商人承攬煮煙公司邱天德，偕代理招商局務同衛胡泰興，並鉅富辜上達、邱忠坡等來謁，言語不通，以英語爲問訊。伊等英語又不能深解，賴嘉爾能閩廣語爲之傳譯」。之前晤當地英籍督理，英人傳達的觀感是「本埠殷商盡係華民，然鄙吝不可與言，惟辦事殷實，故能起家」。英人的觀感馬建忠很快的就親身驗證了，嘉爾爲當時英國東印度公司派駐在當地的撫衛司。身爲中國人和當地華人竟無法找到共同的語言溝通，這是何等尷尬的事。重要的是，整篇《南行記》從頭到尾都沒有提到和辜鴻銘的相遇。甫從英國留學回來的辜鴻銘，自然的可以流利的英語和他溝通，而且傳聞中辜鴻銘一生的最大轉折就在於此次的遇會；然而，爲什麼會在雙方的各自的記載中缺席了？

六、後記

一九八八年前後，在台北某個官方爲僑生舉辦的聚會上，也許爲了拉近彼此心理上的距離，鉅富辜振甫先生在致詞時說了個小故事：

「……上個世紀的檳城，一個陽光明亮的早上，有位外國人看見一位華裔老先生坐在籐椅上讀報，讀了很久，越看越不對勁，靠近一看，果然，報紙拿反了；而且那不是中文，是法文。他好心的跟那老先生說明情況。只見老先生慢條斯理的扶了扶眼鏡，不耐煩的用德語說：『我當然知道拿反了，就因爲正看看膩了。』。」

「你們知不知道那位老先生是誰？」他試探性的問我們，爾後笑嘻嘻的揭曉謎底：「他就是我的叔祖，辜鴻銘。」

原刊《中華日報・中華副刊》，一九九七年二月一日至四日

註釋

1 見孔慶茂、張鑫編，《中華帝國最後一個遺老：辜鴻銘》（南京：江蘇文藝，一九九六）所收諸文。

2 孔慶茂、張鑫編，《中華帝國最後一個遺老》。

3 孔慶茂、張鑫編，《中華帝國最後一個遺老》。

4 莊明理，〈陳嘉庚的遺言〉，《回憶陳嘉庚》（北京：文史資料，一九八四），頁一五六。

5 林連玉，〈陳嘉庚訪問延安歸來的一席話〉，收入莊明理，《回憶陳嘉庚》，頁一八二。

6 孔慶茂、張鑫編，《中華帝國最後一個遺老》。

7 林文慶的資料，參李元瑾，《林文慶的思想：中西禮化的交匯與矛盾》（新加坡：新加坡亞洲研究學會，一九九一）。

沒有家園

喪失人權者失去的第一種權利是家園，這意味著失去他們出生的和爲自己在這個世界上確立一個獨特地方的整個社會環境。……歷史上沒有先例的倒不是失去家園，而是不可能找到一個新的家園。突然地，世界上沒有一個地方是移民可以不受最嚴格的限制而去的，沒有一個可使他們同化的國家，沒有一塊領土可供他們建立自己的新社群。（漢娜・鄂蘭 [Hannah Arendt] 著，林驤華譯，《極權主義的起源》[*The Origins of Totalitarianism*][台北：時報文化，一九九五]，頁四一五）

依據日本女性史學者山崎朋子《山打根八號娼館》及其續篇《山打根的墓》（均收入山崎朋子著，陳暉等譯，《望鄉：底層女性史序章》[北京：作家，一九九七]）改編的電影《望鄉》（一九七四）是個關於屈辱的故事，以出生窮鄉僻壤天草而被賣往南洋的一千日本妓女爲歷史的主人公。裡頭最激動人心的兩個場景，一是賣身多年終得返鄉的女主人公阿崎，卻遭到靠她的皮肉錢蓋起豪宅的哥哥的冷眼，以她的賣身爲恥；一是電影的最後場景，幾被南洋叢林呑噬的妓女墓，所有的墓碑都背向故鄉日本。被視爲國族之恥的妓女賣身之恥，誠如原著者山崎朋子明白指出的，裡頭更涉及性別及階級的歧視。從日軍南侵時，她們都淪爲慰安婦的情形來看，顯然性別問題先於國族。故而她們可說是日本朝向現代民族國家過程中最悲慘的犧牲品之一，成爲被「淨化」的對象。背向的墓碑，最終是她們無言的抗議——國家不只不能保護，竟反而唾棄之——無故鄉可歸，只能埋首身心受恥的他鄉，最終被莽林呑噬，回歸自然歷史，幾同於死無葬身之地。

近三十年後，婆羅洲出身的華文作家以〈望鄉〉（《雨雪霏霏》最後一篇［台北：天下文化，二○○二］）來回歸——總結他三十餘年來的浪遊／書寫之路，建構了白話文以來最深情富饒的中文流浪漢小說系列。小說以回憶往事的抒情體，敘述二戰後、童年時樹林裡留落他鄉繼續賣淫營生的三個台籍慰安婦，殖民地台灣最淒楚的象徵，日軍戰敗之故，「……她們的恩客從日本皇軍突然變成了馬來新貴」（頁二七四）。因深覺恥辱而不回故鄉，一如望鄉中的女人最終的體悟；對她們而言，故鄉將是對她們最殘忍的地方，因故鄉將以她們爲恥——被他鄉男人污染甚至摧毀的身體——身爲女人，她們永遠的失卻了在婚姻交換體系中的價值，成了必須被埋葬的替罪羊。小說以小男孩的出賣——告發她們——而加深了悲劇感。尤其這個小男孩，是她們母愛施行的替代對象，他們之間是象徵上的母與子；另一方面就李永平寫作的精神歷史來看，作爲血統不純的婆羅洲之子、拉子婦的孩子，十九歲之後就離開生身故鄉而追尋文化與精神的故鄉，毫不保留的中國認同，但多年來只能認同中華民國流亡政府，中國的替代。這替代物欠缺大地的根基，那母土，更別說大地的深厚積累。十餘年來本土政權及毫不遮掩的去中國化，清楚的沖刷出流亡政權的流沙根基。更難堪的是，當流亡政府失去了政權，就再也無法逃避那一個世代中國人流亡的事實。李永平多年的歸返，原來不過是流亡——不過是加入那個世代外省中國人流亡於閩海孤島的隊伍——錯位的歸返，一種錯別（音同形異，詞義緩別，古稱假借）的存有論。拋卻了生身的故鄉，母親，拉子女人，卻發現他所投向的想像共同體不過是一抹蜃影殘象。兜了一大圈，原來並沒有離開故土的台灣寮，那樹林裡無鄉可返的日本帝國的殖民遺產、台籍慰安婦。新生的台灣民族共同體中不會有她們的位置，因爲她們不只無家可歸，且死無葬身之地。因爲加諸於肉身的恥辱，讓她們從此失去了一切方位。他是替代她們回到秋日芒花的故鄉嗎？還是終於深悉了國族構造的虛妄，在竊據了本土位置者無限的忠誠考核下，終於意識到流浪的存在唯有走向無限的差異？

屈辱確實是箇中主題，時下當權者的口頭禪：「問題不在族群，而在於國家認同」，但認同的代價究竟底限何在？南非白人作家柯慈（J. M. Coetzee），二〇〇三年諾貝爾文學獎得主的中篇《屈辱》（台北：天下文化，二〇〇二），裡頭有個令人驚心的場景，一個認同的代價的寓言。女性白人後裔在南非內地建立農莊，期望過平淡的農民生活，有一天卻被幾個闖入者強暴，搶走了車子，並因姦致孕。不希望放棄農民生活、選擇在地認同的女人，不只決定生下孩子（即使那是強暴的產物，即使她是女同性戀者），同時決定接受在地人提出的解決方案——不只不能訴諸公權力，追回失物並懲處強暴者，而是向在地鄰人（很可能即是引狼入室者）尋求庇護，名列他的眾多妻妾之一，分享權利（被保護——不再被搶劫強暴）義務（獻出包括土地、身體在內的所有財物，從土地的擁有者淪爲佃農），如此而近乎失去一切，從子宮到土地，從性傾向到族群身分。被迫生下強暴者的小孩，等於重演了大航海時代歐洲殖民者對若干區域原住民最殘酷的舉措——毀其文明，殺其男丁或綑綁運走爲奴，女人則強暴令其受孕，讓她們生下征服者的後裔，淪爲他們的再生產機器，如同奴隸，失去一切。就因爲她是白人的後裔，彷彿就帶著原罪，必須俯首喪諸所有，運作其間的，仍是父權的殘酷邏輯，暴力的復返。究竟是爲後種族隔離時代的南非白人提出一種贖罪的方案，還是演示後殖民時代南非白人面對認同的代價與歷史債務之下的生存困境，作者的態度是頗爲曖昧的。不管怎樣，卻寫出了關於認同的代價的深刻寓言——那樣的代價沒有限度，一直到喪諸所有。

如果說南非白人的處境多少和殘虐的種族隔離的歷史債務有關——即使如此也難以解釋何以總是女性承受屈辱——嚴格意義上，這樣的存在狀況，可說是失卻家園的人——失去了人的存在的條件的狀態。

政治理論家漢娜・鄂蘭在探討兩種現代極權主義（納粹及共產主義）的起源時，觀察到第一次世界大戰後，當歐洲文明的結構被摧毀後，在歐洲民族國家的縫隙裡產生了民族國家的悖論產物，一種群體移民——無國籍者及少數民族，「他們一旦離開故鄉，便無家可歸，一旦離開自己的國家，便成了無祖國之人；他們一旦被剝奪了人權，就毫無權利，成了大地上的浮渣」（《極權主義的起源》，頁二九二）。在漢娜・鄂蘭的論述架構裡，尤其指涉猶太人及亞美尼亞人，然而在殖民主義的擴張及第二次大戰更徹底的文明崩潰中，被帝國主義殖民大浪潮沖上沙灘的水族，甚至可以說是包括了華人及印度人這兩個古老大陸帝國的子民。作爲移民，當他們意識到自己存在位置的尷尬時，總是爲時已晚——罩不住的殖民者要不是已撤走，就是即將撤走；留下的爛攤子裡，有著剛剛從被壓迫者翻身爲主子的奴隸，殖民主子多年費心栽培起來的受高等教育的菁英階層——他們的擬仿物——土著政權，帶著怨怒（長久的被壓迫）及自得（終於翻身爲主子）。殖民主子仍然高高在上，甚至於因爲他們已回到母國；不只是因爲他們留下的，更因爲他們不可能留下的——在被建構的象徵階序裡，他們位居文明的最高位階，爲知識菁英建構出朝聖之地。殖民現代性、殖民遺產決定了他們對世界的想像、對文明的理解。

遲到者們——尤其是殖民開發引進的移民及其後裔——即使擁有國籍、公民權，也沒有任何的保障，隨時可能被剝奪一切。東南亞華人少數族裔在二戰後的經歷，相當典型。先別說印尼和菲律賓歷史上的多次排華屠殺及獨立建國後印尼的週期性排華，被認爲深具種族和諧代表性——一九六九年五一三事件後即很少種族性的流血衝突——的馬來西亞的情況，之所以可以維持相當的平衡，無非是華人被迫接受了二等公民的地位。憲法保障了以馬來人爲首、原住民少數民族陪榜的土著的優勢地位，圍繞著前首相馬哈迪《馬來人的困境》中的恐懼而反向建構的絕對優勢結構——（不同層級的）國家領導人不可能是華人，國會席次華人絕對少數、所有國家資源分配領域（從高等教育的入學名額、獎學金到營業執照、廉價屋）華人居絕對少數——所謂的固打制——所謂的「分享式民主」，是單向的傾斜；明說的理由是一個完全沒有任何科學依據的種族成見：華人都是富有的，土著都是貧窮的。於是華印貧窮階級因其種族而被排除於國家的照護之外，而政府以獨厚單一族群的「新經濟政策」成功的扶植起馬來人資產階級。對華人資產階級而言，影響當然有限，因爲金錢利益一向是官商之間可以通約的萬靈丹。以這樣種族歧視的結構化保障了馬來人集體的安全感；華人或者接受這樣的種族契約，各憑本事求生存，或者自我放逐，放棄家園，繼續他們的移民之路。

從政治學的角度來看，這樣的解決方式可說不失爲理性的解決方案；它最可見的實際效益是大大減少了種族間的流血衝突。更何況，國家的打造者還設置了一個減速器及一個緊急煞車制，前者是由富裕華商組成的和政府分享利益（他們最懂得「分享」——利益交換）及澆濕華人民間憤懣的訴求（「民間種榴槤，他們收割成番薯」）的華人政黨，以讓被覺得冒犯的馬來群體安心；後者是英殖民遺產，殖民時代用來對付共產黨的殺手鐧，內部安全法令，毋需審訊的逮捕、關押，以兩個月爲單位可以無限延長。這樣的機制，讓公共領域成了危險的領域，人身安全處於惡法的監控之下；況且媒體也被嚴密的監控中，隨時可能被吊銷執照。如此而衍生最嚴重的後果之一是政府拒絕接受監督，諸如環保、森林砍伐、公共工程貪污或任何的公共議題，如果威脅到當權者（「動搖國本」）或受當權者保護的資本家，則可能被種族化（被貼以沙文主義者標籤），或被視爲違反國家安全（「官方機密法令」），於是生爲異族，即使要「捍衛家園」也是不可能的。如此政治情境之下的長期安定，大部分華人都養成了「忍辱負重」的習性，習慣了當老二，當權者苟有少許施捨，則不免千恩萬謝、感恩戴德。無形中默守著房客的倫理，意識到居住在借來的地方，甚至時間也是借來的——移動的中途站；而祖先離開的地方不過是祖先的祖國，他們和那地方並無實質的淵源，於是這些欠缺安全感的人在某種意義上仍可說是失卻家園的人。認同的代價是無限的俯首，即使並非身處剛式極權國家而是柔式極權國家。

如此的總體狀況，讓大馬華人在第三世界少數族裔的處境中即使不是最好的，也不能算是最糟的——如果和更糟的比較——因爲生存並沒有受到更直接的威脅，只是上升之途重重阻遏，自我實現困難重重。這大概可以解釋李永平（及和他類似心路歷程的人）何以如此〈望鄉〉並自稱浪子。屈辱原是認同的代價（不論是愛台灣還是愛馬來西亞——常不免會有蠢人做此種蠢問），如同胎記或瘡疤。

相對的，其他第三世界的土著政權，如印尼列島、菲律賓列島及非洲諸新生的民族國家，血腥殺戮則是難以避免的了。後殖民小說巨擘、印度裔千里達出身的英文小說家奈波爾（V. S. Naipaul）的《河灣》（方柏林譯[南京：譯林，二〇〇二]）相當深刻的寫出移民後裔在民族國家土著政權中生存的無奈，小說主人公薩林姆是印度裔穆斯林：

> 非洲是我的故鄉，我們一家幾個世紀以來都生活在這裡。（頁一一）
>
> 如果說我對海岸處境的不安全感是性情造成的，那也沒什麼辦法讓我平靜下來。非洲這一帶局勢的發展千變萬化。北方一個內地部落發動了血腥叛亂，英國人好像沒辦法把他們鎮壓。在別的地方，起義和暴動也此起彼伏。雖說疑病生病，但我的有些感覺也並不完全是我

> 自己的緊張造成的：我感覺我自己熟悉的政治體制已經到頭了，會為新的制度取代，而新的制度不會好到哪裡去。我害怕謊言——黑人套用白人的謊言。（頁一六）

「思想背景裡有著惘惘的威脅」，世代居住，仍然是外人，劫難發生時，只好一無所有的離去。小說開始於一場反叛，書中名之為「第二次的叛變」，是無數的暴亂其中的一次，不同的部落在後殖民時代依叢林法則殺伐爭權，移民後裔因他們世代累積的財富及殖民時代和白人殖民者的關係，很自然的成為報復的對象。所謂的新制度——現代民族國家的政治體制——並不能保障什麼，真正的問題在於被壓迫者長期積累的怨恨、歸罪及不斷尋找替罪羊的心態結構。當被壓迫者翻身為壓迫者，竟是比昔之壓迫者更為殘虐更為徹底的壓迫者。這部分從民族主義——一九一八至一九五〇年間第三世界最強勁的思潮——這一想像共同體蘊含的暴力因子也略可見出一二。

在班納迪克・安德森（Benedict Anderson）名著《想像的共同體》（吳叡人譯〔台北：時報文化，一九九九〕）最幽微簡短、深具詩意及歷史哲學意味的兩章裡，在第八章，〈愛國主義和種族主義〉，談到「民族能激發起愛，而且通常激發起深刻的自我犧牲之愛」（頁一五五），「由於被視為既是歷史的宿命也是經由語言想像出來的共同體，民族因此同時將自身表現為既是開放的，也是封閉的」（頁一五八）。民族主義激發的自我犧牲之愛，導致的正是犧牲，這在許多由民族主義動員起來的反抗／反叛活動中都可以清楚看到。換言之，那正是第九章〈歷史的天使〉引班雅明（Walter Benjamin）〈歷史哲學論綱〉（"Theses on the Philosophy of History"）中那背向現在、面對過去的歷史天使面前的持續的大災難，及不斷堆積起來的屍骸。那屍骸，往往就構造了民族共同體的外部，它正來自於犧牲、屠殺——暴力的產物；而暴力並非單向的事物，猶如歷史，並非單行道。「既是開放的，也是封閉的」共同體，向同志開放，對敵人及異己封閉。向內是愛，對同志；向外是怨恨，對仇敵，與及情勢逆轉後，替罪羊們。想像的共同體也許並不只是安德森浪漫理想化的那種詩意美感，它或許容易滑向某種暴力／淨化的結構。這正是安東尼・D・史密斯（Anthony D. Smith）準確補充的「正是這種激發大眾做出犧牲的非凡民族力量，往往使其成爲無恥的煽動家們的目標。由於同樣的原因，民族成爲戰爭的主要工具，民族認同成爲加入流血征戰的主要理由」（《全球化時代的民族與民族主義》[*Nations and Nationalism in A Global Era*][龔維斌、良警宇譯][北京：中央編譯，二〇〇二]，頁一八八）。

共同體之愛需要苦難、犧牲和屍骸來哺育、強化，對權力意志而言，「有災難才有希望」。亞細亞的孤兒台灣正匆匆忙忙的想要趕上民族國家的末班車，國族打造的工程業已展開，遵循已發生過的（歷史）規律，並不很久以前的災難果然發生了巨大的功用——二二八受難遠大於抗日的犧牲——，淨化的過程（切割我族／他族）也無情的展開。但顯然的，到目前爲止的共同體之愛還是脆弱和有限的，特殊的歷史條件讓它無法緣特定的母語展開無條件的想像（畢竟，閩南在敵人內部），況且循著共同體的恐怖邏輯，很可能災難、犧牲、仇恨和屍骸都還不夠多，還有待努力。根據上述邏輯，獨立戰爭將會是個不錯的選項，因爲「一將功成萬骨枯」、「別人的囝仔𣍐死了」。根據上述的辯證法，失去家園才有國家。

二〇〇四年六月二十九日

原載《INK印刻文學生活誌》一二號（二〇〇四年八月）

作家的時間

敏感世故的張愛玲（一九二一—一九九五）曾經說過，人所擁有的時間和地皮一樣，有黃金地段，也有大片的荒蕪。確實如此，而且命運玄妙莫測。作爲赴死的存在者的人，不會預知終點時刻，當然也不會知道究竟有多少時間可以運用。大致上，每個作家也都有相應的黃金時段與荒蕪，如果不幸身處亂世，荒蕪的部分可能更多一些。即使像張愛玲那樣的天才，斷也沒想到她生命的黃金地段竟是在上海的那幾年（一九四三—一九四六）。大量發表短篇小說及散文，出版了小說集《傳奇》（及修訂再版）及散文集《流言》，此後因避世亂，一九五二年（三十一歲）赴港，一九五五年（三十四歲）赴美，正當盛年，此後雖有《秧歌》、《赤地之戀》兩個長篇，卻是冷戰體制下的應制之作，不再那麼令人驚豔了。七十四年的壽命不算太短，然而換了環境失了讀者，就一個作家而言，生命進入了荒蕪，去國後的三十餘年裡，除了前述兩個長篇及幾個短篇，重新修訂幾個評價不那麼高的中長篇，翻譯（國語及英語）《海上花列傳》，寫了若干散文及一部怪異的考證之作《紅樓夢魘》。就一個作家而言，並沒有更上層樓。

這種評斷雖很常見，但其實非常殘忍，歷史的殘忍——彷佛只有作品可以驗證作家的存在，一旦沒有作品，她就好像不存在了，忽略了作家（學者亦然）也是人，生活（保障自己及家人的生命，衣食住行柴米油鹽的張羅）往往優先於作品的生產。但作家（學者、藝術家）都很難避免這樣的宿命，原因也很簡單，作品是屬於共同體的；而私人的生活（及身體）卻注定要在時間裡煙消雲散，也與公眾無關。

就中國現代作家而言，苦學成才的沈從文（一九〇二—一九八八），雖八十六高壽，但一九四九後正值創作的盛年，卻迫於嚴苛的政治環境（不為當道所容，不符官方意識形態的要求），而中斷寫作。他曾因此自殺，精神崩潰，最終決定放棄作家身分。五〇年代後作家沈從文其實死了——近年出版的《沈從文全集》第二十七卷收入了不少沈氏五〇年代被迫做出的自我檢查——之後重生為古物研究者。這大概是作家沈從文之前始料未及的。這也是很令人心酸的個案。晚年的沈從文曾想重拾作家之筆，但也和晚年的錢鍾書一樣，發現心身俱疲，力不從心了。

大概也是礙於政治情勢，三〇年代頗被看好，相當有才華的小說家吳組緗（一九〇八—一九九四，名篇有〈官官的補品〉、〈菉竹山房〉、〈一千八百擔〉等）創作生命也不過短短數年（一九二九年考入清華開始創作，一九三四年出版的《西柳集》收入十個短篇，大都是傑作；一九四三年出版長篇《鴨嘴澇》後則少見作品發表），此後的漫長人生是以大學教師及中國古典小說專家的身分為世所知。被譽為「台灣第一才子」的呂赫若（一九一四—一九五一）是日據時代台灣極少數眞正有才華的小說家（留下〈牛車〉、〈財子壽〉等十餘個中短篇傑作），卻於三十八歲的盛年於逃亡中在山區被毒蛇咬死。以〈嫁粧一牛車〉飲譽文壇的台灣現代主義世代的鄉土小說家王禎和（一九四〇—一九九〇）大學時代開始寫作，以五十之齡因鼻咽癌猝逝。人生或長或短，寫作的生命一樣難以預測。

魯迅（一八八一—一九三六）只活了五十五歲，並不算長壽。而且他出道很晚，三十七歲（一九一八）始開始發表第一篇（白話）小說〈狂人日記〉，不到二十年的時間，完成了大部分《全集》的作品。三本小說集分別出版於一九二三年四十二歲（《吶喊》）、一九二六年四十五歲（《徬徨》）、一九三六年五十五歲（《故事新編》）。第一本小說集中的十五個篇章共耗了五年（一九一八—一九二二），平均每年發表三篇，篇幅普遍都不長，甚至有短如速寫隨筆的〈一件小事〉、〈頭髮的故事〉、〈兔和貓〉、〈鴨的喜劇〉（這四者嚴格來說不能以篇計），寫作的速度並不算快；《徬徨》的十一篇寫於兩年間（一九二四—一九二五）顯示驚人的爆發力，而且形式多變，技藝圓熟。最後一本以歷史傳說爲題材的《故事新編》，八篇卻花了十三年，雖然在那十三年間他也寫了許多其他的著作。小說家魯迅並不多產，三本薄薄的短篇集子，也沒寫長篇。作爲一個文人，新形態的知識人，整體而言作品並不少，有不少還具有開創性意義。除了前述的短篇小說的兩種類型（凝視現代，戲謔傳說），還有凝練的抒情散文（《朝花夕拾》）、幽黯的散文詩（《野草》）、爲向來無史的古代小說著史（《中國小說史略》）鉤沉（《古小說鉤沉》）、典雅沉鬱的舊詩、論文及大量簡練老辣的雜文（生前結集的有《墳》、《熱風》等十四種，集外集及集佚共五種，近兩百萬字）及若干譯著序跋。可以說魯迅中年出道以後大量而密集的書寫，貫徹了後期的生命史。這種速度和數量，確實是職業作家的規模。而從白話文書寫的角度看，可說是廣泛的實驗了白話文書寫的多重可能，更別說它的社會功能及思想史意義。

魯迅在死前一個月（一九三六年九月）寫的短文〈死〉裡，談到自己的病，對死亡的預感，立下的遺囑，及有什麼事「要趕快做」的自我叮囑。但作家最令人感慨的是留下重大的未竟之作，如大師福樓拜的巨構《布瓦爾與佩庫歇》（中譯已有三百二十一頁）、日本文豪夏目漱石被芥川龍之介譽為「老辣無雙」的未竟長篇《明暗》（中譯已有四百二十九頁）或台灣外省流亡作家朱西甯（一九二七—一九九八）幾度廢稿的《華太平家傳》（五十五萬字）都幾近完成。而且這些著作相對於該作家原有的著述而言原該是更上層樓，不料卻因書寫者的猝逝而被迫中斷。但弔詭的是，未完著作後的「未完」註記恰恰成了作者的死亡印跡，那此後的空白指向作者死後的時間——一片空白。

二〇〇五年六月一日

原載《星洲日報・隨感錄》，二〇〇五年六月五日

我的文學情懷？

（按：本文應邀爲戴小華女士主編之《馬華當代作家百人傳》而寫，規定的字數是一千字。也即是本文的第一部分。這裡的文字包含了兩個一千字。）

一、情懷，文學，我的

「我的文學情懷」這題目讓我困惑，什麼是「文學情懷」？文學情懷是怎麼一回事？我到底有沒有？它和「百人傳」有什麼關係？其實令我印象最深的倒是「百人」這數字，讓人不禁伸伸舌頭：還眞不少。再加八個就可湊足梁山泊一百零八條好漢了。

「文學情懷」感覺上是個浪漫的詞兒，帶著文藝青年的文藝腔調，對我而言幾乎沒法談論。或者說，我清楚感受到我對它的抗拒。但切割重組似乎又另當別論，雖然「情懷」仍然難以談論。

就文學而言，東方西方古往今來那麼多大師巨作，我們印刷出版的那一點東西算得了什麼？其渺小的程度，大概可類比爲相對於自然歷史的人類的歷史——一瞬之於一日。即以現代中文文學而言，我們的集體位置也極邊緣，佳作非常有限，構不成有生命的傳統。一如沙漠植物之於熱帶雨林或溫帶針葉林，量少，稀疏，葉片大、富含水分或者變成刺。有的開花有的不。有的開花結果有的只開花不結果。即使結了果也嫌小，且酸，苦澀。沙漠的響尾蛇不只尾巴的聲音響，嘴巴還很毒。

雖然我們位處赤道，雨林熱帶。

很顯然，這片熱帶的土地並不屬於我們，也許我們也不屬於它。但如果「我們」中刪去「們」，就只剩下「我」了。這樣也許爭議少些。以此釋「我的」。

馬華文學史多的是低水平的爭吵，所謂的低水平指的是無助於認識的累積，徒逞意氣，令人厭煩。那自然是大環境（結構性的困境）的一種反映，猶如罐頭裡的沙丁魚，太擠了，搞到大家都變形，扁扁的。大概也是馬華文藝獨特性之所在，吵來吵去沒吵出什麼好結果，吵著吵著一代過了又一代。解決不了的困境依然在，那原也非文學所能解決。大概我們的文藝青年沒有不苦悶的，我想這大概是眞正的「我們的」文學情懷（如果有所謂的「文學情懷」的話）之所在：文學是苦悶的象徵。套句廚川白村的話。對我來說，這種狀態並非青春期的心理狀態，它早已是我們生存狀態的一部分。不知道這個「們」是否該刪去。

從國家或國家主義者的立場來看，馬華文學畢竟是欠缺正當性的，華文之所在，反叛之所在。況且它不可能成為反映三大民族的國民文學（天啊，哪門子邏輯）。這大概會是個一再變形重現的永恆的政治訴求（如果不說是指控的話）。在這更深入國家的另一面，是更深入社會（馬華現實主義的道德訴求），及更深入自己（接近現代主義的自律美學立場）。二者間的張力會恆久存在。

如果借吳爾芙（Virginia Woolf, 1882-1941）的「自己的房間」及張愛玲的「自己的文章」的表述，那個「自己的」就是「我的」。只是這「自己的」後頭該接什麼，似乎只能是個迷惘的問號。

二、我的文學／情懷

近年來，越來越多人說文學是他的信仰。有的是眞的，有的當然是假的。但即使是假的，也有假戲眞做、弄假成眞的可能。我沒有文學夢，因為沒有孵育那種夢想的環境。大概大部分馬華寫作人也沒有那種環境。於是要麼不持久，沒辦法撐過生命最艱苦的階段（上有老父母下有稚齡兒，一家擔子肩上挑），為生活而放棄；要麼怎麼也寫不好，因為文化資本嚴重不足，怎麼寫都寫不好，一路碰壁。不論哪一種情況，「夢想」都彷彿是一種嘲諷。於是夢想或信仰只能退化為情懷。情懷總帶著過去的時間性，是夢想如煙火般消失後剩下的煙；「此情可待成追憶，只是當時已惘然」的「惘然」。大多是年輕時努力掙扎過的痕跡，一份私人的紀念——如果不是疤的話。

以我們的環境，能留下幾個短篇佳作或數行好詩就算了不起了，讓「情懷」至少有個依據。彷彿終歸是青春的見證。

對我來說，因爲離鄉的緣故，早年書寫的動力之一無疑是濃濃的鄉愁（與「經濟」相輔相成），藉書寫重組那個世界，懵懂的探索經歷過的生活的意義。雖然那時並不知道離開了也許就再也回不去（不離開會「悶殺」）；一直到近年，當發現那個生活世界已確然無疑的煙消雲散後，方清楚的感受到那些書寫的意義，「有著廢墟的完整」（借句北島的詩）。至少對個人而言。那時那個世界的時間還沒有結束，有些被捕捉的感覺再也無法復原，那自然包括了個體生命流逝的青春。

最近看到一位年輕同鄉的小說（又是格非式的！），有火車，一處明確的地名叫梁站（它眞實存在，事實上是個火車再也不停靠的廢站），印度人玩的蛇一般扭曲的故事。如果你坐火車從吉隆坡往南，過了梁站就表示居鑾快到了，會經過我舊家所在的膠林，但很容易錯過。在過了最後一道鐵橋之後，經過一片油棕園。它最新的樣貌是火龍果園，終於還是種起仙人掌來了。如果是從居鑾北上，更容易錯過，當火車在第一座鐵橋時表示剛剛錯過了。因爲它沒有什麼特色，就像所有類似的園坵，一排排整齊的樹，且沒有清楚的邊界。

小學時走路上學，有時爲了節省時間，會放棄百轉千迴的膠林小徑，選擇截彎取直的火車路。總是曝晒的日午，沿著石礫旁窄窄的小徑走著，清楚聽到兩旁保留地叢林深處有猿啼、鳥嗚。稀疏的鐵皮違建，不是馬來人就是印度人，有火車經過時小孩總是熱烈的揮動黑色的小手（一如幼年的我們），彷彿揮別的是火車而非乘客。有時無聊會走到軌道上，跨著枕木。枕木上一股蒸騰的柏油味。偶爾石礫間會有一株夾縫中的小草，大多是鏽黃的含羞草。遠眺盡頭處，不時神經質的回頭望望後方有無來車。母親的提醒：遠處如果有火車，鐵軌總會有可以辨識的顫動，總來得及跳下。呼嘯而過的火車會挾帶一陣令人屏息的涼風，好像可以把整個世界也吹起。從膠園走到火車路旁的小徑需跨過一條永遠清澈冰涼的小水溝，有虎紋魚、藍線魚、兩點馬甲等。那日午的暴亮，沒停止過的汗水，濕了又乾乾了又濕的校服，晒了太多太陽的童年，約莫三十年前的自己。許多年後，從異鄉的夢裡走出來的，〈錯誤〉中那個出了差錯的回鄉故事——因火車失故而扭曲的時間；〈落雨的小鎮〉中那個火車停靠的叫作 Hakikat（事實、眞理）的虛幻的車站——我甚至總把它記成 Hikayat（傳奇、歷史）……。

二〇〇六年四月二十七日

原載《星洲日報・隨感錄》，二〇〇六年六月十八日

在兩地本土論的夾縫裡

今晨接到張錦忠的電郵：

「看到□□轉來的大作，閣下火氣依然啊。其實不必理那些小愛國同鄉。爲他們而火大也大可不必。本質論者大多如此，也不意外。不是怕他們，知識分子或新聞工作者沒有批判力，隨政府國家機器起舞，當然沒反省能力，也不算知識分子。看來還需要□□□多去發展抵抗詩學。他們總朝抵抗力最小的方向走，這是典型馬華公會意識也。我們自己的事多到做不完，沒必要樹敵太多，雖快意，然非好事。」（二〇〇五年一月十七日）

所言甚是。我回覆說感慨大於火大，前此年刻意淡出馬華文壇，頂多只接受文稿的轉載，笑罵由人。畢竟想讀的書，想寫或該寫的東西都比回應凡庸之輩重要得多。錦忠的回應：

「我也是感慨係之，這些年來，我們也算盡力『爲馬華做點事』（……），但本土馬華不見得領情。其實我才該淡出，做我自己的事去，……。何況我早已是外籍了，每次返馬過年都說是回去，其實又何嘗有國可回。」

感慨不可謂不深。甚至不無心灰意懶，畢竟馬華文學並沒有太多可討論的。去國日久，難免兩邊不是人。而我最近之倡議非民族——國家文學或無國籍華文文學，也無非爲了和大馬台灣兩地民族國家文學論述唱反調。從台灣本土論者的角度看，我們是外人；而從大馬自居本土論者來看，又何嘗不是？其間的邏輯很簡單，不論是哪裡的本土論者，都以在地爲絕對預設構造其二元對立——在地／外來，或出走。以我個人的立場，並不在意自己的寫作不被歸入台灣文學，甚至以非歸屬爲樂——另一方面，如果馬華本土論者要把我們這些旅台的排除在外，對我們而言，也遠不如馬華文學自身的損失大。有所歸屬並不能增加什麼。文學不需權力加持。無所歸屬也不會減少什麼。也不必因爲我們批判國家文學就意味著想加入、渴望被承認、渴望分贓。痛罵獨夫不是因爲渴求他的愛，只是因爲他實在該罵。這是再簡單不過的道理。

而且我在不止一個場合指出，就大馬的現實而言，大馬華文文學沒有立場談本土，那是華裔馬來文學的特權。大馬政治現實下的本土蘊含了對華文的否定。除非是有限度的、不徹底的本土。如果是後一種情況，其實和我們差不了多少。若兼考量再現能力，技術及膽識，可能還遠遠不如我們。若論對社會現實的了解，作家必不如記者，但記者寫下的並不是文學作品。這是天眞的馬華本土論者最令人感嘆之處。駁之令人疲憊，也許任其「自然死」是最好的辦法。多年前當我在馬華文壇放火，企圖讓文學典律更替時，也有人質疑我「『干擾』了馬華文學發展的自然進程」，實在很難想像如果任其「自然後展」下去，今天會是什麼情狀？現在年輕的寫作者起步時，應會以那樣粗淺缺乏技術及深度的寫作爲恥吧？老一代資源不足，情有可原，但年輕一代（生活在大馬經濟穩定發展的一代），就說不過去了。

其時的處境是創作與評論雙重匱乏。

最近在一個公開的場合，總結我們旅台青年三十餘年來的「業績」。文學上，建立了與中文世界最好的寫作者平起平坐的基本文學高標，不論是李永平張貴興等的小說，還是林幸謙陳大爲鍾怡雯等的散文與詩；另一方面，是建立了文學論述品質上的高標，不是時興理論的套用（當然也並非撿後殖民論述的現成），而是就馬華文學這一特殊對象發展我們的框架和論題，以和大中文世界對話。錦忠和我已出版的相關論著，林建國出版中的書，都可以說是階段性的里程碑。以後不論是台灣大馬還是大陸，要討論馬華文學，都不可能繞過我們建立的座架；而且這些既有論述，也成了衡量未來馬華文學論述水平的基本參考座標。大體而言，我們可說是完成了階段性任務，或許如錦忠所言，該回去做「正事」（我們各自的學院專業）了。剩下的工作，留給本土論者們，看看他們能做出什麼東西來——看看在地的政治正確又有什麼實際的助益。

最近翻閱舊檔，驀然驚覺〈愛國主義者的指控〉中竟忘了一場多年前的論爭。畢業於台南，和台灣最綠（最法西斯）的本土派有師生血緣的安煥然於九六、九八年間（經典缺席及對馬華現實主義的批判時）曾發言批評我的文學歸屬及不夠本土（回應見筆者〈流亡、邊緣與本土性——

再解讀〈異鄉的內在流離者〉，《星洲廣場．自由論談》，一九九六年六月九日），及抱持著一種自居的「民間廣場」立場以批評我們的遠離而「廟堂」（回應見筆者〈告別教條主義——跋一位「青年導師」的僞懺悔錄〉，《南洋商報》，一九九八年七月十二日）。那麼多年了問題反覆出現，可見這是個結構性的問題，涉及在地的人（離不開的，沒離開的，不離開的，或回來的）有愛（國土？國家？）的優先權，並且有忠誠考核他人的權力。亦可見兩地本土論在排拒「身體離開的人」這一大立場上不無合謀的可能，條件是要有人回來投誠。

另一方面，相較於台聯黨式、極右法西斯的本土論者，台灣喝過洋水的本土論者其實也在尋求蛻變。在台馬華文學，其位置正在兩地民族國家文學的邊上，其雙重的既內又外，這樣的皺褶存在本身即在質疑兩地民族國家文學的狹隘。更何況我們的論述也從不避嫌的挑釁台灣本土論者的文學台灣建國論述。外文系出身的本土論者在被挑戰之後，最近也看到若干跡象，嘗試從純粹的本質論走向策略的本質論（本質的策略？），走向在地的國際主義（如何可能？）、族群多元論（如何解決福佬台語中心？）——論辯還在繼續，這大概也是我們在台灣對本土論者的「貢獻」——迫使他們走出自殺式的封閉。遺憾的是，在大馬，對等的論敵一將難求。

二〇〇五年一月十八日

原載《星洲日報．隨感錄》，二〇〇五年一月三十日

歲末雜感

一

時序進入十二月，一年又近尾聲。要向這個專欄的讀者說再見了。

依近年來台灣的政經情況，又是上班族感慨年終獎金縮水的時候，如果他運氣好躲過被裁員的話。而我們在學界討生活的，也隨著大環境的改變（大學想躋身「重點大學」或列名「國際百大」）越來越注重具體的學術績效。譬如每年在SSCI（社會科學引文索引資料庫）或TSSCI（台灣社會科學引文索引資料庫）所列的期刊上發表多少篇論文，給予記點。加上有無申請得國科會計畫、國外名校的訪問邀請、出席國際會議等等。有些學校已嚴格實施積點制，點數低於標準值的，升等、各方面的福利都受影響。常年墊底的，甚至有被解聘之虞。在亞洲，中國大陸可能是近年來最熱中這種量化績效的；而多年來最有名的例子其實是新加坡，它的直接效果是讓新加坡國大的國際排名甚至在北大之前，更別說遠遠的把台大拋在後頭。但實際的學術水平如何？只怕和這種數字效果差很多。更直接的影響是，在我們的圈子裡，常會聽到某某優秀的新大學者離職，或在探路。其壓力可想而知。

人文學者的抱怨很多，但只怕改變不了形勢。於是老一點的，年資一到趕緊申請退休，好避開這一切。剛進職場的年輕學人，只好咬緊牙苦幹。因爲目前推行的新制，是從助理教授幹起，滿三年得依論文質量及教學表現申請升等，但如果五六年都不升，或升不了，可能就有麻煩了。一般而言，私立大學的老師需負擔的課比國立大學的多很多，而且還有一堆煩死人的行政雜務（從招生到各種行政會議。如果你心腸軟一點，一堆有心理困擾的學生隨時會找你輔導），因此寫論文一般都只能選在「教學之餘」的寒暑假，如果那時剛好沒事的話。於是你會很驚恐的發現，怎麼又過了一年。跳槽、升等、申請各種補助的「代表作」三年就過期了，過了三年少於五年的著作叫作「參考作」（所以我常好心的提醒猶豫不決的新進同事，如果想要換跑道最好兩年內就痛下決心。否則三年一過，博士論文過期，短時間內就走不掉了，需拚出新的、夠分量的「代表作」）。換言之，如果連續三年沒有發表論文，差不多就剩半條命了；如果超過五年空白，就等於是個「死人」。新加坡、馬來西亞學界也許更嚴苛些，不過「精神」接近——只是大馬難保不需考量種族因素。

量化、注重業績的好處是，總體論文的數量會暴增，也不會有老一輩一輩子不寫論文，以致學問「深不可測」，靠年資的累積及輩分、複雜的學院政治升上教授的情況；但壞處也是眾所周知的，「發表論文，或者死」成了新的無上命令。「長期思考」成了危險標誌。而發表論文要經過精密的計算；譬如說不要寫太長的論文，因爲長短都算一篇；不要把所有的見解擠在一篇論文裡，廢話（所謂的研究成果回顧，資料性的註解，書目版本及生平資料）和見解的比率大約是7：3（8：2，9：1的也有）。不要發表在沒被列入前述引文索引資料庫的期刊（否則等於是「自娛」，無關業績。報紙副刊、文學刊物上的「文學批評」，研討會論文，幾乎都屬於「自娛」，除非你技術性的把它收集製作成一本書），論文發表的間隔要「剛剛好」（避免讓重要的論文「過期」），否則再有才華都會被老於行政的學術官僚的「形式審查」給整死。學術界的叢林法則開始形成，而掌握大部分學術資源的老賊們（最上層掠食者）卻都是舊制（從副教授起聘）的獲益者（「區區」運氣好，搭上老賊末班車）。在新的叢林法則裡，健康有問題的、家庭有問題的、運氣不佳的、資質不佳的，大概都會被整得死去活來；條件好運氣好的，也會被逼得精神緊繃。年輕學者過勞死，癌症，慢性病，都不是什麼新聞了。可以想見的，「鞠躬盡瘁」將成常態白描，而非文言虛語。所以我常感嘆：從助理教授起聘的這一世代，很可悲的，大概可以稱作是「過勞死世代」了。

暨大在台灣中部，雖然校方似乎頗有雄心，似乎也想躋身「重點」，但我想只怕格局已定，因爲實在太平均了，沒有什麼有特色、爲他校所無的科系。定位大概就是那樣，次於中興大學的一所中部大學。也幸虧還不是什麼重點大學，還不敢率然推行什麼量化積點（如同屬中部野心勃勃的中正大學），只頻頻用呼籲暗示。但壓力還是在，「統一標準」早晚會全面推行。在這種情況下，不難理解，想要教學、創作、學術兼顧會越來越困難，創作只能是餘事（好像只有東華大學把它列入業績考量）、業餘的愛好、自娛。如果你的創作需要大量的田野調查，那你可能只好改行了。去年，一位任教東部大學的年輕寫作者以此爲理由遞了辭呈，好全心全意的去追蹤他心愛的蝴蝶。

因過早見識到學術政治的凶惡，在這裡當個講師沒什麼安全感，如不早點跑完所有升等程序，「如日本郵輪」，遲早完。一九九八年乃匆匆畢業，依老賊舊制從講師升等爲副教授，除了代表作學位論文急就章外，也幸虧那年恰好出版了論文集《馬華文學與中國性》當參考作；內外審皆無異議。二〇〇二年初出版了《謊言或眞理的技藝》，隨即依中文系慣例用它提升等。我有心理準備會被整，因此也著手準備另一本書做後備，那就是（因申請補助等原因）拖到今年（二〇〇六）五月才出版的《文與魂與體》。雖然二〇〇三年「壞人」借調到外校，但院內有人配合演出，我的案子被技術性的阻撓了近一年（一般上一年內即作業完成，不論過還是不過），最後是半公開的向校長陳情施壓，才讓它（於二〇〇四年初）進入實質的審查程序，三級三審，程序跑完已是二〇〇五年初的事了。然後四月依法提申覆，七月獲回覆「申覆有理」，得以向校方尋求補償。也是拖了近年，今年五月跑完整個程序，追加回自二〇〇三年八月以來的教授年資差額。雖然肇事者早已申請外調並辦理退休，依法還是得被懲戒。

而我在這學校，一待就已經十年了。緊張生活的十年，疲憊不堪的一週復一週，一月復一月，求生存而已。一轉眼年歲進入四十了。

二

大概許多人都有類似的感觸，十多歲時感覺有用不完的時間，看不到時間的盡頭，甚至嫌時間過得慢，好多時間可以殺。但一有了年歲就不同了，你會感覺時間在加速消逝。而過去大概已經比未來長了。很少人能像德國哲學家伽達偶、法國人類學結構主義大師李維斯陀那樣精神奕奕的活過百歲，他們的自傳即使寫到六十歲（大部分人的退休年齡，晚年），後面還有好長的一段。人生七十古來稀，雖然統計上人的平均壽命提高了，但實際所見所知卻不是這麼一回事。前些天台北又有一位小我一歲的「美女作家」燒炭自殺。年近四十，大概有許多人就是這個階段進入中年危機的吧。

但也就是今年，從年初迄今，一篇論文都沒寫，興致索然。（是啊不能再這樣下去了）總覺得寫下的一切都是過渡的（一如德國學者韋伯在〈學術作爲一種志業〉中所言），尤其去年以〈無國籍華文文學〉介入百無聊賴的台灣文學史，以〈馬華文學與（國家）民族主義〉總結我自己多年來對馬華文學的思索之後，感覺非常沮喪。也因此婉拒了若干研討會，在一封給朋友的信中，有這麼一段話：「一旦發現未來在過去，而且那個過去其實沒有未來，就沒什麼好談了。令人沮喪。最近婉拒了好多相關的研討會的原因之一就在此。總覺我的話講完了。重複的空談無益。」「未來在過去」指的是十九世紀末海峽殖民地及荷蘭的華人馬來語文學，而我們在討論馬華文學本土論的局限處發現的，正是這東西：華馬文學（或馬華文學）如果要獲得國家或國族認可、大馬國族國家的正當性，就必須廢去漢字形體，改用馬來文。而文學作品中出現的生活語境（譬如出現各種漢語方言、印度話、各種歐洲語言），則以羅馬拼音表之，如此不只獲得國家正當性，也解決了方言文字化、馬來語漢字化的困難。但可悲的是，這樣的未來在過去發生過了。然而那個過去沒有未來，因爲它必然不被承認，如同所有混雜的事物。被認同之路很長，需要很長時間的鬥爭角力。拉美的西班牙語文學、印度的英語文學之向宗主國反撲，都是模範。

我想我和莊華興關於華馬文學、國民文學的爭論，也因此必須在這裡畫下休止符。這問題大概不是我們這一代能解決的。它屬於未來，也許幾十年後，有這樣的一代人，能精熟的掌握馬來文，並且極爲清醒的認識到馬來文中蘊含的靈魂難題（宗教的、種族的），且有能力（不是凡人的能力，而是巨人的能力）和膽識（承受排山倒海的壓力）去挑戰、爆破，在馬來文內部發動一場大規模的戰爭，迫使馬來知識界調動所有的資源來回應、一代代的回應。如此我們可以說，華馬大作家誕生了（但他必然會爲此付出極大的代價）。因爲文學上的魔鬼經典誕生了。相較於此，我們都是過渡性的人物，留下幾個不錯的短篇或幾首小詩就很安慰了。因爲我們的表述系統連大馬華人的方言都應付不了，更別說注定被排擠在中原中文萬里長城的外部。我們彷彿只能代表一個文化退化的無奈的族群。我在前引私函中還有一段話：「……而且方言本身不支援中文，畢竟它早已被中文廢黜。在很多情況下，華文像是中文的退化形式。但華文作家無路可走。純正優美的中文不過是文人階層的自戀，難以回應當下的生存情境。」從這個角度來看，我自己的歷史任務如同已然完成。

兩年前接受黃俊麟先生的邀請來寫這專欄，定名「隨感」，到底也是名不副實。理由很簡單，人在國外，對大馬國內的事，有所感也無言，悲觀如昔，感覺上大結構沒什麼變化。而台灣這兩年的政治，正足以讓人讀懂過去幾千年的歷史，事實果然勝於虛構，荒謬劇之多、之離奇，眞令人嘆爲觀止。感慨之餘，也覺得沒什麼好談的。在這裡，談的人和談得好的人都很多。況且我是局外人。兩地的局外人。

自二〇〇〇政黨輪以來，台灣持續的在高昂的償付本土的代價（歷史的代價，部分當然源於國民黨幾十年戒嚴政治白色恐怖造的孽），而且很顯然，這種債往往是無底洞。原因很簡單，它變成了原先的弱勢者取之不竭的資源，一種特殊的資本形式，創傷資本。而且一旦嚐到甜頭，絕不輕言放棄，勢必誓死保衛。它被一種強悍的意識形態守護，那就是民族主義（甚至是種族主義），本土論是它的衍生物之一。悲哀的是，這眼前發生的一切，大馬（及許多第三世界）發生過了，在許多地方甚至仍然以現在進行式的形態存在。馬來人取之不竭的創傷資本，和華人印度人的存在、大馬世俗化的現代，都是英殖民的遺產。在我們簡短的一生中，大概不容易看到它改變。

平生沒寫過什麼專欄，發現無法「隨感」時已來不及了，但也就不管它了。剛開始時基於兩個單純的理由（我不知道是否會被理解爲矯情），一是希望對華社多少能有點回饋；再則是便於給家鄉的老母親定時寄一點零用錢。但我能談的問題有限，因前一個考量，正經八百的談了好些和小說，馬華文學有關的議題。但也很快就疲乏索然了。於是有書評，有序跋，也因恰好考慮出一本散文集而集中寫了幾篇篇幅較長的散文，藉以稍稍回顧這十年來的生活。但很快自己就覺得意興闌珊，但猝然結束好像不太說得過去，只好勉強讓它延續下去，雖然大多與隨感無關。一直到歲末的此刻。

微涼初冬的此刻，房子前後左右種的數十株白花曼陀羅總數超過千個花苞伸出了長長的瓣折，等待綻放。少部分甚至已綻放。我數過，每個芽端至少有三、四個苞，化糞池旁的則超過十個。冬季缺糧時被蜂群遺棄、趕出蜂巢的雄蜂也在花間瑟縮尋覓。宋代大書法家黃庭堅有草書詩「花氣薰人欲破禪」，所指陳的，就是這種景象吧。

二〇〇六年十二月五日

原載《星洲日報・隨感錄》，十二月十七日、三十一日

死在……北方？

最近山東文藝出版社的編輯朋友（一個很誠懇青年）來函，「三本書已經付印送廠了，蹉跎了這麼久，非常抱歉，其中有我們的統籌失誤，也沒想到會有那麼多意外的枝節，期待您的諒解，也希望是好事多磨吧。還有一件要說明的是，《刻背》一篇迫於一些原因，最後也做存目處理」（二〇〇六年十二月十九日）。三本書，指的是陳大爲、鍾怡雯和我各一本選集，我的即《死在南方》。從一月定案，二月簽約，六月底校對完寄出，九月就接到消息：「非常抱歉，上級部門的審讀結果下來了，他們的意見是要更換或者撤掉〈第四人稱〉、〈天國的後門〉、〈我的朋友鴨都拉〉、〈阿拉的旨意〉、〈猴屁股，火，及危險事物〉五篇」（二〇〇六年九月十五日）。這當然令人沮喪，我才恍然大悟，原來所謂的「審讀」，即是政治性的「審查」。書被刪成這樣，出不出版其實已無所謂。他要我考慮更換篇章，但能換什麼呢？但約已簽了，生米既然已泡了水，煮飯煮粥也好過讓它長黃麴毒素，也免得讓承辦人員難堪。摔落水溝已夠糟了，在出版前，不料又被踩一腳——煮成粥竟還燒焦了。

幾個月前興致勃勃爲選集寫了序，以爲可藉此選集階段性的總結四十歲前的「前期寫作」，陰錯陽差，竟成了嘲諷。

之前選文時編輯交代要避開台灣政治議題等等，但不料新崛起的帝國的「敏感帶」不只台海；顯然宗教（穆斯林問題）和對新、馬的國際關係也在審愼考量之列。刪成這樣，代表性當然就很成問題了。刪掉的六篇中，四篇出於《刻背》，兩篇出於《土與火》。而從大陸官方立場的刪除動作，多少也可反射出（可能的）大馬官方立場：它們必然屬於「非常敏感」的範疇。換句話說，這些倒可能是我的馬華文學核心代表作了。從這裡也可看出我輩苟存性命於台灣的意義：自一九八九年政治解嚴後，這地方再沒人管你寫什麼——雖然也不見得有人理會你。對我來說，至少容許百無禁忌的表達，這在大馬大概不可能。儘管理論上馬來官方不管你寫什麼（他們不懂中文），可是政治部不乏懂中文的華人審查者，加上華文媒體的嚴格自律（自我檢查），可以馳騁的空間就小多了。

至於據說校對中的那本論文集下場如何，我也沒敢多想。順其自然罷。

兩年前友人委託我代爲編選上海文藝出版社的《「三城記」小說系列第三輯．台北卷》，約簽了，花了一個暑假看了好多年輕世代的小說，也爲該書寫了篇序。稿子寄出後，良久都沒消息，二〇〇六年一月突然聽說書出版了。然後有位作品被收入的朋友來函問有無贈書，很客氣的說在書店很驚訝的看到他的作品被收入由我主編、大陸出版的集子。我才吃驚的發現出版社竟連轉載同意書都沒發。更吃驚的在後頭。不久在系辦公室收到兩包上海文藝出版社寄書，一拆，二十本的《打個比方》贈書。更進一步的了解是，他們不只沒寄同意書、贈書，更沒給什麼轉載費，合約裡寫的要給我的編輯費、序文的稿費，通通沒下文。寫信去問，石沉大海。擺明了就是吃定我們，感覺上好像我幫著那些共匪來盜印台灣人的著作，眞是豈有此理。吃過虧的朋友說，有人得到的出版社回應是：「那就來告我啊！」和委託我的前輩商量後，擬了份道歉書，連同贈書壹本（部分請麥田幫忙寄）寄給每一位目次上的作者（已過世的黃國峻則由家屬代收）。就像有的餐廳你去過一次之後會發誓沒有下一次（因爲食物煮得像豬食、烏龜飼料），我對這家出版社的印象也是這樣。而《打個比方》所收的文章有沒有被刪改我也不曉得，因再沒興致去比對。也不重要了。

但這次情況顯然複雜得多，邀約者態度誠懇，保證會維護寫作者的基本權益（版稅等）。弔詭的是，對我而言，那些反而不重要了。在那惱人的國策面前，連尊重作者的自選權都做不到了，遑論其他。更麻煩的是，北方的境外營運（借錦忠的用語）之路大概行不通了。半年前錦忠興致高昂的擬續編《別再提起》，以更年輕的世代爲主體，但麥田已無可能（《別再提起》賣得苦不堪言），因此考慮移師北上大陸。我們甚至還提議出版《新馬華文文學現代主義文件》這樣的資料書，或《馬華傷痕小說選》（馬共及砂共題材）之類的主題選集。以目前的情形看，只能說那時太樂觀了，自己頭太熱。

二〇〇五年一月杪我們幾個人（張錦忠、莊華興、區區在下）不知怎的討論著討論著決定合編一本《華馬小說七十年》，從馬來亞時代迄近年華人以華文、英文、馬來文小說中挑選若干佳作，把非華文的譯爲華文，彙爲一冊，以爲開端。理想的話，還應編集選詩、隨筆選、文論選，甚至反過來譯成馬來文、英文，更進一步還可以搞（借老共的用語）一套華馬文學大系。結果呢？當然還是日本腦炎——頭太熱。二〇〇六年三月密集的討論並決定華文部分的篇目（英文、馬來文的早一步選定），找了家小出版社，商討篇幅等——馬上就遇到一個問題：要出多厚？那涉及經費，也間接的左右了標準（只能挑最具代表性的）。而且這麼冷門的書鐵定賣不了幾本，出版社希望我們找點贊助來分散風險。於是我們三人擬了份〈徵求認養〉刊於南洋星洲（大概已經成爲笑話一樁了）。你知道結果怎樣嗎？答應是〇。迄今爲止。掛零。

我曾寫信問吉隆坡的朋友，他說大家都覺得台灣很有錢，不需要去贊助它。二〇〇五年七月乘返馬參加研討會，問了聯總的大頭，他說「再看看」，此後就再也沒下文。我也問過我在東馬發了財的大哥（據說他捐了一座山蓋廟養了大群和尙尼姑），一樣不置可否，顧左右而言他。不過是馬幣十千八千，有那麼困難嗎？某文壇大姊說，書出了寄兩本給她她再幫忙找善心人士包銷。近年台灣出版界因出書量過多，隨時可能面臨崩盤，肅殺之氣漸生。最壞的結果大概是我們幾個傻瓜拿回來自己掏腰包做手工書，把它變成善本書。

據聞此間某家出版最多馬華文學作品的出版社，今冬新主管上任，宣布以後預估能賣三千本以上的書才考慮出版。如此一來，我們這些大概兩千本都賣不上的學術標本（大概連名家如李永平張貴興都在危險邊緣），可以休眠好幾年了。衰一點的話，說不定眞的需要「停止營運十年」。

約莫半年前張景雲先生寫了篇〈失去的好地獄〉（《東方日報》，二〇〇六年六月十八日），做了個奇怪的呼籲：「從七月一日起，馬來西亞華文文化出版業停止營運十年，作爲我們對這個所謂華人社會表達強烈沉痛抗議的象徵性行動。」針對華社長期對本地出版品的冷漠、「沒有到處見到社區圖書館或閱覽室」。其言不可謂不沉痛。我不知道哀哀諸公對他自殘式的呼籲作何感想，有沒有什麼實質的回應——有沒有哪間會館開始嘗試設立社區圖書館或閱覽室？但我總覺得那是一回事，文學的出版是另一回事。二者間的因果關係在大馬建國後就不存在，未來眼看也很難。況且在中文書的市場裡，讀者的普遍預期心理是，本地風光一向不如外國月亮。即使有社區圖書館，可能還是會以童書繪本、漫畫、科普、類型小說（武俠、言情、推理）爲主，別忘了那是大眾的需求。文學和其他人文著作終究是奢侈品，且必須面對自身領域的競爭，而很多馬華文學作品讓人看了吐血。文學出版如果要全賴那些華社棟梁贊助供養，套句俗話，早就死了（當然，有贊助好過沒贊助。但有贊助不一定出好作品，只能讓數量增加）。在最壞的情況下，若干文學青年組成同人（詩文社），集資出手工書，馬華文學不就是這樣一路蝸行龜步的走過來的嗎？同人間水平接近，有時反而可以分享一些彼此收藏的、檔次高一點的文學經典。艱困的環境，讓文學青年對文學還有想像，也還有點信仰，總好過被淹沒在商品的滾滾洪流裡（大陸第一線作家當前最大的危機是：錢太好賺了）。

國內過苦日子的，總以爲我們在國外跳「異國情調」的草裙舞，吃香喝辣，出書大賣發大財。事實上，要開一條小路都很難。總是在死中求生。我們這些人，哪一個不是把寫作當業餘愛好？相較於大馬的雞肋稿費，這裡的稿費（發表園地已枯萎殆盡）大概可算是牛大骨，熬湯可以，不可以當飯吃。想吃牛肉？另外找份工作去吧。

二〇〇六年十二月二十一日

原載《南洋商報・南洋文藝》，二〇〇七年一月九日

該死的現代派

——告別一位朋友

《蕉風》四九七期（二〇〇七）有一篇林建國的訪問〈從電影寄情到文學寬容〉，抑人揚己，雖多老生常談卻宛如獨得之祕。從第九十八頁以後凡是談馬華文學的大概都是和我有關的（有時也語涉張錦忠），用語之尖酸刻毒（黑幫小弟、龍套腳色、小說的技巧殘障……借他訪談中的關鍵詞，未免太缺乏悲憫與寬容）令人吃驚，顯然積怨已深。親痛仇快，話講到這樣，已經逾越朋友的分寸，出手比敵人還重（古訓：「君子絕交，不出惡言。」），擺明是在翻臉了，令人心寒。我們已經不是朋友了。也許早就不是了。甚至早已是敵人。套句俗話，冰凍三尺，非一日之寒。大概自二〇〇〇年批評了他的得意之作〈方修論〉之後，裂痕就在那裡了。那篇論文讓他重新被馬華現實主義納爲知己，也占據（理論上）的本土與左派的高道德位子。

只是我（們）過去都選擇視而不見，總認爲學術討論歸學術討論，意見立場不同是一回事，朋友還是朋友，彼此尊重，各行其是。反正我們之間即使是學術上的交集，也不過是馬華文學而已，其他部分井水不犯河水。因此事我給幾位朋友發了電郵，告知我的決定，我們幾個之中最年長、一直抱持老大哥似的寬容的錦忠還試著幫忙打圓場：

「他提到他被『現代派』視爲頭號公敵，不過我想那『現代派』不會是指你我吧。大馬哪來的現代派？這個時代還有現代派嗎？老狼？

我們，或你和他之間應該只有情誼，沒有積怨。不要想太多。意見不同在學術上是常態，你覺得建國會這麼無知或狹隘嗎？

我也不覺得『方修論』有什麼被誤會，唯一誤會他的是老現們，以爲他在捧方修，才把他收入。

我覺得建國那麼說其實是種想像（或自我貼金），好像不那樣想像（被迫害）就不見其人其文的偉大。不過他好像一向如此（表演），也見怪不怪了。」（三月十七日電郵一）

「你覺得建國會這麼無知或狹隘嗎？」其實也是我的困惑，我印象中這位過去的朋友的水平應該要高一點（畢竟是台灣的大學教授啊），至少該比那常在背後咬我的兩位小器博士要高尙一點吧。那些垃圾，我一向是不看的，更不屑回應。開個玩笑，許通元也是寫小說的，是不是做了加工啊？（此間政客失言後常用的伎倆：「那都是媒體亂寫的。」）還是說，戲劇電影看多了的林建國也要給我來個「武吉斯人式的測試？」

而我們是不是他罵的現代派，看訪談的上下文就很清楚了。所以我和錦忠說，在林建國的眼中，我們可是馬華最後的現代派。當事人在批評他不齒的現代派（「小鼻子小眼睛的現代派」）的時候，沒忘了註出我們還是朋友時我請他爲《馬華文學與中國性》寫的序，〈現代主義者黃錦樹〉。他大概沒注意到「現代主義者」也是他給我貼的標籤，我自己並不以爲然，作品的取向也不像。當然對他開出的奇怪藥方（either 李永平 or 蔡明亮）更不以爲然。我不是他想像的那種現代主義者（我嗎，開個玩笑，其實是個前寫實——現代主義者），當然也不會理會他給我指出的明路。我有自己的學術判斷和文學教養，知道自己在做什麼、該做什麼、想做什麼與能做什麼。一如某人愛寫張腔[1]、通俗劇是他家的事，只要他能夠承受得了批評者的說長道短，不要老妄想被打壓、糟蹋。說我妒忌一個才華不如我的寫作者，還眞是個令人哭笑不得的笑話。

評論者與寫作者，本來就各行其是。而評論者的職業惡習往往就在於，總是忍不住要開示寫作者該怎麼寫，或往哪裡寫（我承認我有時也忍不住會多講幾句）。從這裡往往可以看見他的文學預設（放在心中，甚至不願公開承認【但總是發揮作用】的標準，行話所謂規範詩學者）。在林這篇訪談中，即是悲憫。說眞的，幾年前當他開始談悲憫時我以爲是在開玩笑，我也很好奇馬華文學裡到底有多少悲憫。我們也都知道，有的偉大（有的也許不偉大但有趣）的小說有悲憫，但有的沒有；有的作品有的讀者讀了感受到悲憫，但有的讀者無此感受或者因故視而不見（諷刺的是，區區在下的小說也不是只有諷刺[2]而已），所以它涉及的不只是作品、作者，還有接受的社群。從（萬惡的？）形式主義角度來看，悲憫是一種技術效果（依一定程式構造），甚至風格類型。反諷的是，最常運用此一程式的反而是通俗劇，大家熟悉的港片和好萊塢（寶萊塢）影片，或者通俗小說，均如此。但也許有人會說，你談的那種悲憫不是我談的那種（「你還是不懂啦！」）。如果前者是低級悲憫，那後者就是高級悲憫了。嗚呼!!

至於馬華文學史該怎麼寫，也許讓下一代去傷腦筋。我們這一代能做的，大概就是那個樣子了。我基本上同意楊松年的看法（雖然他的很多學術意見我並不贊同），馬華文學史，只能藉助社會學的理論視野（不論是非馬克思的、老馬克思的、新馬克思的、新左派的，還是林建國引爲祕笈的文化場域論）。換言之，只要你稍有品味（品味當然也很階級、很政治），大部分馬華文學作品都很難被當成審美客體（許通元也說韋暈的作品很難「進入」）。因此理論家們往往傾向批判品味、放棄審美，而採取政治——社會的角度，盡可能的脈絡化，以尋找意義。這間接承認了在純美的層次，我們遠不如人。

說眞的，我們該向前看而不是向後看，總希望未來會更好，不必再靠憐憫。文化資本的問題會隨大環境而獲得局部改善（在種族政治劃出的界線裡，或者選擇離境）。講半天又回到原點：如果張貴興當年大學畢業即回到馬來西亞教書，他會去寫長篇嗎？或者如果他沒出國，被迫從事別的行業，那會怎樣？別忘了，梁放、葉誰都是這另一種張貴興，到目前爲止，他們最好的作品就是幾個短篇。梁放的散文有來自獨特生活的趣味，但散文有它先天的限制（體積小，借王安憶的用語）；中篇小說〈觀音〉就寫垮了，紊亂不堪，文字也不好（也許理論家別有慧解？譬如：很悲憫？）。

藉繁瑣玄奧的理論，讓平凡的作品意義滿溢，大概也是個增值法。壞處是，那樣的作品再也離不開那論述的上下文，它如瓷磚被使用，牢牢的黏上，爲論述者所有，一旦被從那整體中剝下來，就顯得平庸不堪了。

但這些都不重要了。

我原以爲學術和文壇是非之外還有友情，現在看起來，我是太天眞了（更天眞的錦忠還一直勸我不要對號入座，說不定、萬一他說的是別人呢？[3]）。

過去我燒芭種下的因，大概會跟隨我一輩子，我的餘生。而近年來好多罵我的文章或訪談我大都選擇不回應，轉過身聊過且當自己是列大霧中急駛而過的老式蒸氣火車。那些都不值得回應，除非是有意義的學術討論，或有非解釋不可的誤解。

這次因爲說話的是林建國，不做點回應在人情上似乎說不過去。

十多年來我一直以爲我們是馬華文學研究上的盟友，在他出國前及在美國的那幾年，我還常向他請教理論問題，或把論文寄給他請教意見，商榷疑義。多年來，他和錦忠之於我，誼在師友之間。有時他也會把論文（僅僅是馬華文學論文）寄給我，雖然他對自己的論文的論點總是堅定不移。印象中他也不太引用我們的論點。似乎，學術意見不同轉化成了積怨。

錦忠的困惑：「如果他罵的是你，那我就百思不得其解了。他何以要／會如此呢？他有必要如此犧牲你們多年的情誼／情義嗎？值得嗎？目的何在？姑不說無知與狹隘，你覺得他會是這樣的人嗎？」（三月十七日電郵二）。我想答案也許很簡單，也不必深求：反諷的說，是爲了公理和正義。爲偉大不起來的偉大的馬華現實主義主持正義。在靜如死水的馬華文壇，還會有比這更戲劇化的石頭（事件）會激起漣漪嗎？在這個年代，爲了某種利益（象徵資本？），大義滅親都很常見了，更何況是個漸行漸遠的故人（「西出陽關無故人」），他的剩餘價值也許只是作爲墊腳石——我頭盔上至少還有另幾位博士的鞋底印呢。也許因爲，在當今學術界，在名家林立的精神分析和電影的領域要當老大談何容易，但在馬華文學領域也當不了老大，就難以忍受了。布赫迪厄（Pierre Bourdieu）的文化場域論不是一再訴說這一幕殘酷的、被社會條件制約的人性悲劇嗎？

是的，這些年我們都磨損得很厲害（從外貌就可以看出，可見處世之艱），「視茫茫而髮蒼蒼而齒牙動搖」的早衰了。徒負虛名，而我們彼此可以總結一生的代表作也許都還沒寫出來（儘管就文化資本而言我們可都可算是小資了），實在不該浪費時間在這種意氣上頭。

各自去兌現對自己或社會的許諾罷。

也不必拐彎抹角，暗示影射。或把他（變性）寫進小說裡。費疑猜。

或許，這對一個寫小說的人而言未始沒有正面的意義——對人性的了解可以更深刻些。尤其是那月亮的背面。

友人一直建議我不要寫（或發表）這篇文章，但看來我已沒有迴身的餘地。

我想總該說句告別的話，完成一個告別的儀式。把話說清楚未始不是好事。

這篇文章的核心成分如果出之以古文應作：與林建國先生絕交書——但現在這種寫法可以避開易流於感傷的第二人稱。

二〇〇七年三月十七日至十九日　埔里

原載《星洲日報・文藝春秋》，二〇〇七年四月二十九日

註釋

1 你們知道什麼是張腔嗎？是一種通俗劇，它模擬張愛玲小說的敘事腔調，可是又欠缺張愛玲那種（也許是借來的）深澈世事的蒼涼，和萬花筒般的精湛比喻。但張愛玲的小說確有非常俗的一面，它是從通俗劇中發展起來的。一旦少掉前述的條件，很容易就掉回通俗劇。張的部分寫壞的長篇，及張的部分追隨者（所謂「張派」）的小說即是如此。但張腔也許較之張派更下一等，後者有時至少還能練達的掌握人情世故。說得更直接一點，張腔是張愛玲小說的一種退化形式。和《紅樓夢》、白先勇沒什麼關係啦。也許是我多嘴，我總覺得太早風格化是死路一條。當然，如果他才華夠，也許晚年會從中破繭出走一條新路來，但那是還沒發生、也不知道會不會發生的事，因爲那不是一般的繭。

2 馬華小說中的諷刺和馬華小說中的悲憫一樣可以成爲學術論題，而兩者在文學史上也各有其長遠淵源。兩種取向當然也各有利弊。喜不喜歡是一回事，一般而言，如果認眞對待，還是要展開分析（當然那很費事），而不是用廉價的謾罵。這也不是扁平人物／圓型人物，愛女人／恨女人這樣的簡單切割能處理的。

3 再借用老友的幾句話：

「你覺得他談李天葆部分眞的是在彈你嗎？

他說：『反對李天葆「張腔」最力的那個評論人，本身就寫小說……仗持學者身分封殺李天葆……』

馬華文壇／學界有誰是男的、評論人、寫小說、學者？

我並想不出有誰在罵或反李。（我也寫過李的書評，但誰在罵他啊？）我們好像沒罵李啊！會是你嗎？可是你怎會是『反對李天葆「張腔」最力』？爲何有人（或你）要『反對李天葆「張腔」最力』？你會妒忌李

嗎？批評不是反對，也不是罵。

建國怎會認爲你在妒忌李？他沒那麼天眞吧？

眞的另有其人嗎？眞的沒有另有其人嗎？

他何以要替李或自己製造假想敵？

『看看馬華文壇內外，多少人被他糟蹋……現實世界於是被他搞得比小說所能虛擬的還嗜血。』

現實世界眞的有這樣的人嗎？Who's who？如果有，那也很厲害，有必要讓我們見識見識」。（三月十七日電郵二）

李某的小說被此間出版社編輯壓了一陣子（因爲負責人不喜歡，或者我不知道的其他原因），據說也算到了我們頭上。出版社又不是我開的，我也不是顧問，不負責把關。我很不喜歡李的小說是事實，但我總有不喜歡的權力吧？不喜歡我小說的人不是也很多嗎？我甚至懶得去討論它。《別再提起》中談李氏小說的那幾行，是因爲身爲編輯，分工分到了只好硬著頭皮寫。

再想想我糟蹋過誰……林建國嗎？幾年前我還幫他寫過申請新加坡國立大學教職的有用的推薦函、近年也一再向出版社推薦他的馬華文學論文集，總以三缺一（我和錦忠的論文早已出版）爲憾。

不會是這期《蕉風》錯簡吧？其實是誤植了賀淑芳的小說……但她不會那麼寫吧，我可是最早認識〈別再提起〉的價值也最不遺餘力讚美的人啊。

當然，這只是開玩笑。《蕉風》其實製作得滿好的。

有人又以「也許訪談從語言轉化成文字出了差錯」、「文中又沒指名道姓」、「前後文也許談的不是同一人」云云，都是精神分析講的，不願意接受突然發生的創傷的典型否認（林建國一定知道是哪個德文字）反應。

對一個像林建國這麼一個言必稱拉康、熟悉精神分析（移置、壓縮、語誤、省略、譫妄、白日夢、誇大狂、主人的權力……）和解釋學操作技術的理論愛好者，我相信那篇訪談也是精準運算過的（借用他訪談中談

〈方修論〉的話〉，一個最有力的旁證就是：訪談中那些註解，嚴謹的學術格式，不只開了書目，還列出出版社、年代、頁碼。千里迢迢返馬演講誰會隨身帶那麼多書？誰的記性那麼好？那必然是事後補的，依常理推論，正文的內容也一定被推敲打磨過了。

輯三

流淚的樹

突然看到一部紀錄片，講的是橡膠[1]加工史上傳奇人物固特異（Charles Goodyear, 1800-1860）逐夢以致家毀人亡的故事。刻意仿古泛黃的畫面，瘦巴巴的主人公，黯淡的居所；黑色片狀物，加入不明藥物，冒起白煙，男人中毒倒下。旁白者訴說著主人公悲慘的故事，因執意研發橡膠固定方法，致負債累累，並多次因而入獄，沒能讓妻兒溫飽，致半數小孩死於營養不良。一個悽慘的葬禮，餓死的小孩連一副簡陋的棺木都沒有，粗布包裹了，樹下挖了個黃土坑，草草埋了。

在橡膠的原產地巴西，土人稱它爲「流淚的樹」。固特異一家的坎坷的經歷，不是恰恰切合這一原始的稱謂，這不幸的隱喻？

但橡膠的硫化，讓橡膠的加工取得重大的突破，讓它得以穩定的凝固，並保持原有的彈性。其中最重要的成果之一即是輪胎的發明，改變了運輸的歷史，加速了現代世界時空壓縮的進程。

英國賊從巴西政府的封鎖中把橡膠種籽偷運出來，向同緯度的熱帶殖民地——馬來亞、婆羅洲、斯里蘭卡等地——試種，非常成功。此後隨著大規模的栽種，橡膠成了時髦的新興產業。橡膠的收割需要大量的人力，一如稍早的錫礦、稍後的油棕，都是勞力密集的產業。於是殖民政府乃從中國及印度引進大量的勞工。十九世紀末、二十世紀初的華人大規模移民，甚至不名譽的豬仔貿易。因中國動亂而遠離故鄉的祖輩，開啓了我們作爲移民後裔的歷史。數量龐大的華人移民，和數量龐大的橡膠樹，都是殖民者基於同樣的目的而引進的，都是「外來種」。前者永遠的改變了當地的人口結構，後者永遠改變了熱帶南洋的生態。而橡膠園的前身，是存續了百萬年的熱帶雨林，可以說橡膠樹的種植，是以雨林的消滅爲前提的（常有論者誤以爲膠林即雨林）。而參與伐木及剷平雨林的，大都是華工。

恰如其分的，華人和橡膠樹互爲隱喻。

多年前有位同鄉前輩作家寫了篇曾獲大獎的〈天天流血的橡膠樹〉，以流血喻膠汁，可能更準確，但不免煽情。而且感覺上，作者對膠樹沒有眞正的感情，並沒有切膚的感受。大概沒有入乎其內的接觸，只有出乎其外的旁觀，浪漫化的想像。

幸或不幸，我是在膠林深處長大的。父母蟄守膠林三十年。很長的一段時間，一家人的生計來源，靠的是割膠。

橡膠園的工作繁多，幼樹的扶育就要花上許多工夫。熱帶叢林再生反撲的力量快迅強大，需要持續的鋤草施肥。十年八年，辛苦等到膠樹長大後，樹身夠粗，表皮的厚度夠了，方可以開割。割膠是相當細膩的工作，膠刀劃過樹的表皮（長約樹寬之半），如果割得太深，傷著了木質部，受傷的樹痊癒後可是會長出瘤來。如果割得太淺，沒觸著韌皮部，流出的膠汁就會少很多。如果細心呵護，樹身被從上往下割了一輪（一個人的高度，或一個半的高度），樹皮再生回來，只是稍微變得薄一點，沒長什麼瘤，只留下很淺的傷痕。待另一半樹身割到盡頭，就可以重來。功夫細的，橡膠樹的使用壽命就長些。功夫眞正好的，又快又不傷樹，不留下傷口，割下的皮又薄。到陌生的膠林，父母必然從膠樹上留下的痕跡，解釋割膠人的手藝究竟如何，有時讚不絕口，有時嗤之以鼻。譬如有的樹渾身是瘤，簡直是大屠殺，深入木質部的創口，在樹身留下永不癒合的疤。

膠汁晒了太陽就變得黏稠，流速徐緩。故而一般割膠工人黎明左右就頂著頭燈進入黑暗的膠林，一直忙到太陽高掛。勤快的，從一片園子到另一片園子，割得多收入也就越多。但那是年輕人的世界，年紀愈大，就愈是慢工出細活。

乳白色的膠汁，沿著膠刀劃出的軌跡（俗稱「膠路」），向下，經過一塊小鐵片，流入膠杯裡。剛流出來的膠汁有一股清香味。大約一個小時後，流得差不多了，需提著桶子逐杯收集，越來越重的桶子，近滿後倒入更大的桶內，進入下一個加工程序。加入蟻酸，凝固、壓平、晒乾。整個工作往往需耗上大半天。

遇上雨天，就什麼事也不能做。前一天夜裡下過大雨也不行。即使勉強割，流出的膠汁也會沿著水痕四下暈散開，且大量水漬會沿膠路匯聚到膠杯裡。所以割膠人痛恨雨天，尤其是雨下個沒完沒了的要命的雨季。雨下得園裡處處湧泉，表土鬆軟，甚至根支撐不了三四層樓高的樹，歪斜，轟然倒下。

有時膠割到一半遇雨，便得冒雨搶收。淋得一身濕不用說，收到的泰半都是雨水，簡直凝固不了，如餿掉的豆花。

基本作業處理完後，膠片（及膠痕上的膠疤——乾膠絲，膠杯裡凝固的剩膠收集捏成球狀的膠果）售予收集商，收集商再賣予加工廠，進一步燻乾——也許正是硫化——固特異犧牲全家人的幸福換來的悲慘的專利。然而在很長的時間裡，我們對這段歷史並不了解。

只是畏懼經過橡膠加工廠，不只它排出來的污水，整座廠都發出惡臭，遠遠就聞到了。一如膠杯裡凝固的剩膠，隔日就發出臭味。如果有一些水在裡頭，放越久越臭。是臭襪子的臭，細菌在有機物上的作用。那也是膠工身上慣常的味道。衣褲斑斑泛黑的膠跡，城裡人靠近了，常不覺臉露嫌惡。大概每一種職業都有一種特殊的氣味吧。

資料上說，生膠自然凝固了也不算固體，是多孔隙鬆散結構的聚合物。那是彈性的由來吧。細菌便在那空間裡滋生。

我那沒有其他專長的父親，移民第二代，一輩子被困鎖在膠園裡。一如他那從閩南省南安縣十二都逃難南下，一窮二白的父母，也是在膠園裡展開他們的新生活。那時周邊還是雨林，多沼澤，多蛇，多怪魚，多奇花珍獸，多異聲。但對他們來說，鳥獸大概不過分爲有害的／可吃的／無用的。在蠻荒的包圍裡，照顧橡膠幼樹，生殖繁衍，發家而不致富。中年以後終於買下一小片膠園，有了立足之地。唯一的兒子就像棵樹被他們種在園裡，此後園子便是他世界的全部。父母的牢籠之愛——怕他飛走，拴在身旁，連上學都不讓他去。故而錯過了現代教育，與時代的鉅變擦身而過。左翼的解放革命、抗英、抗日、建國、工運、農運……，都與他無關。當一個安分守己的小老百姓，明哲保身，生兒育女。雖然日軍占領及緊急狀態時期，都被權力的掌握者懷疑是山老鼠（馬共游擊隊）的後勤補給者，膠林被劃爲「黑區」，而被迫短暫的遷出。

其他的，不外乎重複的日子，重複的生活，重複的節氣轉換，也許只有新生命的降生帶來生活的短暫騷動——但必然很快又恢復平靜，因爲那也不過是一種重複——生下的孩子實在太多了。膠林成了子女的放牧場。與放山雞、狗、四腳蛇、眾鳥同樂。在平靜的日子裡，時間彷彿也是凝滯的，好像日子會永遠那樣過下去。因爲自有記憶以來，父親就老了，看起來也不像會更老。更沒想到會有死亡這回事。也許因爲他一貫沉默，幾乎不太說話（尤其對子女），彷彿存在得不是很引人注目，故而消失了也不太引起注意。

昔年老屋旁有棵有數抱之寬的巨大膠樹，神木般壯偉，枝葉彷彿插入雲天，其上有鳥巢蕨。然而一般膠林裡的膠樹，再怎麼粗大都不過是成人的腰身粗。而且從根部到有枝幹分岔那十餘尺間，樹身的寬度不會差多少。所以膠林的樹容一般都是整齊木然如軍容，樹與樹前後左右的間距大約是十尺。母親解釋說，那都是接種的膠樹，從紅毛人那裡以大筆錢換來的樹種。是紅毛人改良過的種，所以膠汁的產量驚人。但膠種索價甚昂。我也曾爲我們的膠樹何以膠汁產量遠不如鄰園納悶不已——中型膠杯都裝不滿，而鄰園，常用上中型美祿罐或巨大的塑膠杯，甚至一棵樹需裝上兩個大的陶膠杯，一上一下承接，還經常滿溢淌地。

屋旁那種巨大的膠樹，腰身或下體沉得不像話的，都是用種子種的，故而壯碩如生在南美雨林深處的原生種。那是祖父和父親早年的實驗品，園子一角還保留了十餘棵，作爲園界的標誌，膠路之長令人印象深刻，而且曲折凹凸，重山反覆。皮薄，膠汁少得可憐。那微量的膠汁，確實像淚水，勉強擠出來的。母親說，爲了省錢，大概也因爲知識不夠，祖父和父親曾嘗試以種籽培育過一批，之後自己嫁接過一批，共同構成了園子的前半部；少量從他人轉手買過來的紅毛種，也不是最好的品級，種在園子後方。膠汁產量都不理想，但總比自己用種子種的好。樹長大了就捨不得砍掉了，反正已經投資了那麼多年。但幾乎也就決定了往後數十年貧薄的收成。典型的事倍功半。

但對那我們被當成雞狗、牛羊一樣被放牧的土地，我迄今仍懷念那朝暮的霧，無光的初日，午前午後穿過葉梢的光影。東北季風期滿山轉紅的橡膠葉，如北國深秋，爾後葉子落盡，大地蕭瑟。那是膠樹休養的時節。在多風的細雨裡，吐新芽，樹樹盛放小白花，向著陰慘的天。然後結果，果熟，爆裂，種籽彈出。輕微的坼裂聲此起彼落，交錯著種籽敲扣樹枝，八方次第，如樹樹私語。大公雞睪丸大小的「惡魔果實」，深褐色，表殼光滑有縱向不規則紋路。

幾年前回鄉送別一個猝逝的長輩，到新墳場的路曲折的穿過一片膠林，那光影竟令我哀慟莫名。

父親對栽種有非凡的熱情，除了呵護他的膠樹，膠樹死去（大風或雷擊或得病）騰出的空間，都種上了果樹。尤其前半段園子，實在割不出什麼膠汁，有的樹連膠路都流不滿。後來終於痛下決心推掉。次第種上芒果，尖必辣，波羅蜜，紅毛丹，山竹，榴槤，香蕉，楊桃，芭樂，檸檬，木瓜……據說他還種過蘋果樹，每年叨唸牠光吃肥光長葉子從不開花。

有一年種了數十棵可可，結在樹身上的累累果實確實令人驚喜，但蟲害更驚人。於是夜裡，常看到父親頂著燈火，一棵又一棵樹去捉蟲。樹上的榴槤長蟲，他撐起梯子，以香腳從果殼的蛀孔戳進去，把蟲釘死在裡頭，一顆顆不厭其煩的。香腳留著——於是榴槤就像燃過香的圓型香爐，或祭祀物，高掛在樹上慢慢長大成熟。但往往剩沒幾顆果肉可吃了。

那年，念園藝的哥哥回鄉，批評父親許多種植的方法錯誤：土壤過度耕作，肥力濕度都嚴重不足，表土且因坡地長期沖刷呈沙質化。父親默然。許多年前，念土木工程學成歸國的兄長，當面批評父親只會死守土地。如果早早賣了轉投資，資產不知道已經翻了幾倍，何苦一家人困守膠園。父親也是默然無語。母親一輩子從不因他在場而避嫌的「你爸沒才調」怨懟，他也默然以對。

但果樹確實給予我們許多美好的回憶，甚至以爲所有人過的日子都是類似的——想吃水果就到園中的果樹上去摸索。也沒注意到果樹需細心的照護——施肥、捉蟲、除草、剪枝、疏果、設陷阱捕蟲及以水果爲食的鳥獸——父親終日隱沒於林中之所務。他過世後不久，叢林反撲，子女中沒有人有餘暇或心意繼承那徒勞的事業，付出的心力和收益不成比率。雜草灌木和鳥獸——四腳蛇、猴子、松鼠的大量繁殖，都讓父親的果園成了昨日之夢。

許多年後，我仍然懷念那棵種在水邊的老芒果樹。念小學的那些年，果實成熟的季節，好幾個兄弟每天天剛亮，從床上跳起來即赤腳奔向它，撿拾夜裡的落果。有時到得遲了，只看到一地深淺不一的腳印。許多年後第一次帶著妻到父親的園子，她嚐到那碩大多汁金黃色的土芒果讚不絕口，即使往後吃遍台灣各名種芒果，還是說風味遠遠不如我老家那棵。

這些年卜居埔里，有三年住學校的樣品屋宿舍，校工種的一棵楊梅年年結實纍纍最令人懷念。在屋旁種了桑椹桃子波羅蜜檸檬，有的簡直來不及長大；期限將至要搬家了，行政人員竟搬出官員嘴臉說要「還原現狀」。

半年前搬到鎮子邊緣牛尾莊，依舊種了好些花與樹。但租賃的房子旁，實不宜植樹。它們將來不及長大。花也許合宜些。

最令人欣慰的，是決定租下時即扦插的白花曼陀羅。如今已盛開，那花香，眞是醉人，令人醺然。

二〇〇五年一月四日

原載《聯合報・聯合副刊》，二〇〇五年三月二十七日

本文收入鍾怡雯主編，《九十四年散文選》（台北：九歌，二〇〇六）

註釋

1 橡膠，漫畫《海賊王》主人公之一的魯夫誤吃的惡魔果實，正是橡膠種籽。那惡魔果實讓它變成伸縮自如的橡膠人。

我輩的青春

我們這一世代（一九六〇至一九六九年生者），最年輕的也過三十五歲了。是正午時刻或者下午，許多人都成爲社會中堅，開始掌權或腐敗，或自覺此生已無望而把希望超額轉嫁給下一代或來生的年齡。如果要轉業改行，大概相當困難。報章徵才欄往往註明「限三十歲以下」，因爲這個年齡的人可塑性低，很難再改變了。這意味著已看到日向西偏，微微感受到秋的涼意了。

就經驗的結構來看，作爲人生特定階段的青春常常是在回顧的省思中方得以被發現，被重新發現。那其實意味著，總是已經錯過了什麼（只是當時已惘然），做了某項選擇，或放棄了某些選擇，其效應在往後的人生裡持續發揮作用。

在台灣，與我同世代的政治人物稱學運世代，大概是臉皮最厚的一撮人，有的窩在總統府裡炒股票，有的在最近的選舉裡充分展現他們玩骯髒手段的能耐和實力，卻又擅於透過媒體製造好形象。而在文學界，同一世代卻彷彿是被詛咒的一個世代（幾年前我稱它爲哀歌世代），好幾位都早早結束了自己的生命。這些戰後第二世代（假定把一九四五至一九五九出生的稱爲戰後世代），成長期的某些共同經驗（畢竟是美援——戒嚴體制下成長的一代，在本土化運動、抓泥鰍的民歌裡度過童年及青少年）是否決定性的影響了他們後來對生命的主觀取向，還有待研究。然而作爲以寫作爲副業的白領學術外勞（本人自去年起即必須申請及持有勞委會發的外勞證，台灣政黨輪替後的偉大「改革」之一）我和那些人既同世代又不同世代，因成長背景不同，時空穿越又必有時差，故而我或許同時和好幾個不同年齡的世代同時代。

回到大馬的語境，一九五七年馬來亞建國，擺脫英殖民統治，但對於少數族裔而言，民族國家國籍及公民權的惡夢才開始；一九六三年馬來半島與新加坡北婆羅洲合組馬來西亞，一九六五年新加坡被迫退出大馬，獨立建國。直接原因之一正因爲新加坡大多數人口是華人，加入大馬會讓華人人口的比率接近總人口的半數，對於自認是主人的馬來人而言是一大威脅。一九六五年新加坡的被「切除」，顯然是一個警訊，明確宣告了自二、三〇年代發展起來的馬來民族主義不容許馬來人的絕對優勢被挑戰。在我出生兩年後的一九六九，因華人在政治普選中占優勢而引發大馬建國以來最嚴重的種族流血衝突（史稱五一三事件），其中原因眾說紛紜，但對馬來人而言成果斐然——激進派馬來菁英掌權，保障馬來人獲得絕對優勢（以消除種族之間的經濟差距爲名）的「新經濟政策」的制定和實施，馬來人的特權獲法律保障，主人的權力確立，而其他民族列於平等項目之下的各種合法抗爭（尤其是官方語言問題）均被歸於「敏感問題」不得公開討論。官方的理由是——以免被馬來民族主義者理解爲挑釁而再度訴諸暴力。這暗示了，馬來民族主義者的種族暴力具有正當性，它構成了一切不平等法案的潛在政治基礎；在往後的歷史裡，政府援引殖民遺產「內部安全法令」不需審訊的扣留政治異議分子，也往往基於近似的理由。就政治的操作而言，自然也意味著，任何公共議題（包括環保、保育及官員的貪污等）都可以被種族化，只要它令掌權者不快。

如此自然也確立了主人民族的絕對威權，從各馬來土邦世襲的不容挑戰的土王（蘇丹）象徵及實質的神聖權威，由各州土王組成的凌駕於國會之上的統治者會議，國王（最高元首）——共同構成了世俗民族國家不可觸的神聖領域。更別說諸如軍警之類的合法暴力。換言之，我們並不知道自己生於單一民族國家種族政治結構化的時刻，五一三事件後發生的事情，可以說經由一次流血殺戮的自然狀態後，掌權者以暴力爲後盾重定立國的契約。簡單的說，作爲非馬來人的其他移民或生於斯的後裔，如果要作爲國民，必須認馬來人爲老大（承認馬來人一切實質及象徵上的特權），接受實質上的二等公民身分。這也是許多更年輕世代的華人幾乎覺得馬來人的特權是一種合理的自然現象，他們接受了非常有效的國民教育——所謂的大馬式的平等，就是要接受種族不平等，因爲它是歷史合理的，也已被自然化。

在我們成長的年代，其實並不知道得那麼多，但很明確的感受到身爲華人，除非家裡頗富資產可以送去發達國家深造，留在國內幾乎沒有任何機會。因爲國家的獎學金及國內的大學名額，留給非馬來人的只是零頭碎屑而已。公家部門的情況也是如此，膚色先於一切。相應的，能擠進政府部門當個小公務員（或者在國民教育體系裡當個老師，不論是小學中學大學），或考進本地大學，都予人高人一等之感，畢竟那是非常少的百分比，也意味著必須有非常好的馬來文能力。

每個冒出頭的背後都有數不清被擠破頭、卻仍敗北而被擠下的。因此許多年後我聽到就讀或任教於本地大學的我們眼中的罕見菁英在無奈的吐苦水，尤其關於工作的比重、升遷等等赤裸裸的膚色考量，那種感受是十分複雜的。

我們選擇拒絕以馬來文爲教學媒介語的國民教育體系，或也可解釋爲被它拒絕。我讀的中學是全馬六十間私人華文中學之一（以華文爲教學媒介語，俗稱「獨中」者），包含高初中部，教科書的編纂基本上受台灣有關方面的輔導。獨中的存在本身即是對單一民族國語教育政策的抗議，當然也必須爲此付出相當的代價。政府並不承認獨中的文憑。而且因爲是純華語環境，馬來文程度一般都不佳。畢業後如果不繼續深造，就業的選擇十分有限，要麼是低薪的文員工作，要麼是待遇好一點的重勞力工作。不論前者還是後者，其實都意味著中學六年，不過是奢侈的白費。我迄今不太了解經濟並不佳且一向務實的母親爲什麼會決定讓我們念獨中，畢竟幾個孩子的學費是不小的負擔。源於一種潛在的華人民族主義（華人=讀中文=說華語）？可是我們的下一代（甥姪輩）選擇獨中的反而是例外，大部分都務實的想「學好馬來文，好在本地賺吃」（這當然是家長仔細考量後的選擇），覺得擁有小學的中文程度，會說華語，可以看懂華文報，足矣。我想這只怕會是個大趨勢。

可想而知，學校頗具民族主義氛圍（校長的絕對影響），但有一種那時的我們難以解釋的苦悶情緒。這和青春期的苦悶混合在一起，就很像台灣日據時代小說家龍瑛宗〈植有木瓜樹的小鎮〉裡那種熱帶午後般令人昏昏欲睡的鬱悶，或者在我早年的短篇〈落雨的小鎮〉嘗試捕捉過的那種無以名之的淒涼。〈植有木瓜樹的小鎮〉的核心主題之一是被殖民者上升之路的被阻絕（相對於殖民者無所不在的特權），早婚多子造成人生過早陷於絕望，而重複上一代的可悲命運。我們的情況類似，這對於一個新興的民族國家似乎是一大嘲諷，獨立建國不過是換了主子而已，上升之路只有更窄而不是更寬。所幸在這個年代，傳宗接代的純生物責任輕多了。我想許多同樣背景的華裔青年的高中年代都隱然有一番如此的體悟——離開才有機會。家境好的（譬如鎮上大街兩旁那些開店的老闆，或大園主）大概家裡早就做好了規畫，不惜斥巨資送出國[1]，無非是英美紐澳日（和大馬不同，那些國家都承認獨中的文憑）；而對我們而言，以低價位及民族情感爲號召的台灣是唯一的機會，那是一個已有數十年歷史的輸送帶。那時當然也不知道台灣是個那麼複雜的地方。

台灣之外，新加坡是另一個選擇，但那時選此途徑者寥寥無幾，都難以面對沉重的英語壓力。幾年後，據說有一年新加坡政府向董教總提出建議華文中學統一考試成績排行前五百名的學生，「他們全部都要」，一般都會依成績給予獎學金助學金或貸學金，有關方面卻拒絕了，「全給他們還得了」。那幾乎是一年裡華校菁英的總數。而我在《李光耀回憶錄》裡確也讀到一個細節，大馬的什麼部長向他抱怨這些受高等教育的華人是「麻煩」。不外乎出路是一大問題且受了高等教育比較懂得自己應有什麼權利，會抱怨，找麻煩。老李在他的回憶錄裡說，那些麻煩你們如果不要可以給我們，「我們幫你們解決這些麻煩」。人口多年呈負成長的新加坡，焦慮的大家長李光耀依優生學的立場一直建議高等人才多生小孩，但往往都被冷嘲（我也在小說〈猴屁股〉裡不客氣的嘲弄過）。九○年代後大概想到更好的方法了，直接收割鄰國養大、資質優良的青年

（近幾年更把目標放在大陸的人才牧場），只需花四、五年培育就馬上可以用，不必付出生育及十八年教養的社會成本，也不必付出相關的風險成本（譬如生下劣質品，或者養出懶惰蟲）。而且大部分畢業後都會選擇留下，因爲留學欠下了大筆債務[2]、也因爲新加坡的高薪，法治，安居樂業；再說兩國在空間上仍是一體，返鄉不難；且不必忍受種族政治的烏煙瘴氣。而失學的大馬華裔青年（另一種麻煩），也是新加坡底層勞力市場最主要來源之一。或許自七〇年代始，每日晨昏，都有數萬勞工大軍往返聯結兩國的星柔長堤。

我在中學畢業後等待赴台的日子裡（兩地因學制不同需等上近一年），爲賺取機票錢，也曾和同學以過境簽證到新加坡非法打工數週（爲了扼止非法打工，落地簽證只容許延一次），在一間傢俱廠裡以釘槍組合傢俱，印象中因笨手笨腳常造成不可挽回的損毀。但老闆很寬容，從不加責罵。也許我們曾坦然告知將去念大學，資方當成在做善事吧。我們大馬來的「勞工」都特愛加班，總是加到不能加爲止，而加班所得總倍於正常班。

我畢業那年大馬經濟不景氣，我隨哥哥到工地當水泥雜工，按工計酬，每日（工）馬幣二十元（還是看我哥的情面，其他小工少個一至兩元。現在似乎也是這行情）。約莫有七、八個月之久，但一週裡沒幾天有工可做，被迫一天打漁三天晒網，白費青春，根本賺不到幾個錢。往往一整天單純而重複的工作，譬如：拌灰泥；拎著圓鍬，把沙子和水和灰泥拌勻，一小桶一小桶侍候水泥師傅砌磚或抹牆。搬磚；從堆積處以獨輪車（俗稱雞公車者）一車車運到施工處，逐一送給水泥師傅。執手尾；清理施工幾乎完畢的工地，木頭石塊破鐵桶或什麼意想不到的廢物，都要清乾淨，有一回還很衰的踩到鐵釘。洗刷甫完工的樓梯及水泥地板。掄大鐵鎚敲毀廢一面強悍無比的牆。到錫克人家裡補綴老舊的圍牆……在那漫長的等待裡，在純勞力的工作中，深深感受到生命的無聊、時間的空洞，生命個體被化約爲某項純粹的功能（譬如搬東西）。身體在勞動3時感覺腦子轉個不停，但卻是在空轉，不著邊際的亂想。腦子裡一個重複的聲音響起：不能一輩子都這樣下去……如果這一輩子就重複的過這種日子的話……這樣的人生了無意義。但確實有不少人只能如此，或許因爲衝動的早生貴子，早婚，人生過早的固定下來。但也許他們本來就沒什麼機會多做選擇。或許不知不覺的錯過了。一轉眼，另一條可能之路早已消失，雜草叢生，只好把希望再度移嫁給下一代。或許也弄不清楚自己哪個時候、及爲什麼此生就這樣被限制住了。

許多年後方清楚的知道，我們那一班因爲是甲班，幾乎即是那一屆的希望所在。經過層層淘汰，大多數人在不同的關口早就自棄或被放棄了，輟學，混流氓，吸毒，早婚，好一點的到新加坡去當勞工，成爲十數萬外勞之一員，以密集的勞力換取幣值和馬幣越拉越大的新幣（現在幾乎可說是亞洲的美金了）。但那些離開的，有的畢業後回去，快速晉身中產階級（購豪宅置名車），或者不斷換工作苦哈哈過日子（均如我在小說〈第四人稱〉中調侃過的）；但整體上應該都比沒機會出去也沒機會在國內繼續深造的好（許多年後，首都設立了許多以營利爲目的的私人技術學院），畢竟哪裡都看學歷聘人、敘薪。我也不知道像我這樣離開後即成過客的有多少，偶爾聽到有人在國外某研究院任研究員，或遠嫁異國，落地生根。大部分均恍如人間蒸發，生死兩不知，隱遁在茫茫人海裡。

想必都一樣，濃霧裡摸著石頭過河的我們，一步步涉水前行，隱隱有重山的陰影，根本就不確定路在何方。陽光偶爾穿過雲間，照出諸物的實相。但一回頭，那過去的、如今已是茶黃色舊照片裡的世界，卻隨同我們的青春驀然崩塌了，崩塌的現場如巨大的隕石坑。

偶然走上寫作之路的我，或許必然見證了什麼，雖然很偶然的被置身馬哈迪時代[4]（大馬第四任首相，在位期間一九八一至二〇〇〇年），且幾乎難以解釋的總是頻頻回顧那叫作「過去」的廢墟。或許有什麼東西被深深的埋在那裡。但也幾乎不足為外人道。即使同世代的同鄉寫作者也未必有類似的感受。如果說個體的即是集體的，也許它的反面也成立——個體的終究是個別的。別人或許有其天眷，向日葵般永恆向陽的幸福；即使沃土裡俗豔的大紅花遍地開，而它們置身於荒土石礫間枯瘦萎黃。有時也不確定自己真正在做什麼，畢竟走過的路很快又被頑強的野草掩沒，前方又是一片阻斷視野的荒莽。

最近在給朋友的一封信中寫道，也許宿命的，我的每一部作品都只能叫作《徬徨》。

二〇〇五年十二月二十三日

原載《星洲日報・隨感錄》，二〇〇六年一月一日、十五日

註釋

1 令人憤怒的是，多年來常有政府官員批評華裔子弟把子女送出國求學，使得外匯大量流出。不知道究竟是愚蠢還是渾蛋。

2 大部分拿的是貸學金，貸學金總得還，而且往往和特定廠商簽約，由後者提供，畢業後在該廠工作若干年償還。那幾年恰是結婚生子購屋買車的黃金年歲，幾年下來就晉身都市中產階級了。

3 許多年後才讀到馬克思那句其實苦澀不堪的名言：勞動是人的本質。

4 七〇年代末期迄世紀末活躍於馬華文壇的寫作者（從傳承得、陳強華迄黎紫書），或許均屬於這個世代，馬哈迪世代（或後五一三世代），馬來威權統治確立，徹底告別革命年代。雖然以政治演變來做文學史切分是件可悲的事，但更可悲的是，無法不如此切分。雖然其間馬華文壇也隨台港流行過各種主義，但幾乎不過是學舌（不論是創作還是評論），文學場域脆弱、自主性低，主導一切的其實是馬哈迪主義，一種相對務實，經濟取向的馬來民族主義。

聊述師生之誼

突然收到電郵一封，向我邀稿。原來是一群龔鵬程教授的學生「想辦活動爲他暖壽」，四月底截稿，六月在北京召開研討會。附言，「師生重聚一堂，論學磋藝，以慰吾師懷抱。除請您賜稿論文一篇外，亦懇請惠寄散文一篇，記述師生之誼」。論文不想寫，研討會不會去，散文倒可以寫一寫——「聊述師生之誼」——但我想他們不一定會要。

幸虧當年碩士班念的是淡江。那一度是中文系最有活力的少壯派——以龔鵬程教授爲核心——盤踞的山頭，保守的中文學界反叛者聚義的梁山泊。但我到淡江時大部分青年材俊都被招安走了，只剩下日趨頹廢、好杯中物的李正治，仍在兼課但牢騷頗多的顏崑陽教授，陷入中年危機上課常沒準備的周志文教授、聲量很大的李瑞騰教授。幸運的是，其時施淑女教授大概剛升等，在研究所開課。我陸續修了幾門課，頗花了些時間在西方馬克思主義，尤著迷於現在已很流行的德國猶太人班雅明及阿多諾謎樣的洞察力與思辨力；較全面的閱讀台灣及大陸當代的中文小說，認真的寫期末報告，多篇據老師的批評意見略做修改後陸續都發表了。皮笑肉不笑，酷酷從不應酬的施老師，講話有許多逗號，但有一種冷峻的深刻與精準，伴以冷嘲。因長期被淡江學店剝削消磨，論文寫得不多，但其台灣文學研究，理論貧乏的台灣同行無人能及。她給了我許多鼓勵，但似也不宜引述，畢竟那是屬於那個階段的。

施老師後來不知從哪聽說我有寫小說，向我要去看了，抿嘴說了些話，我只記得一句：「是新形態的馬華文學。」「有一些特殊的感受」等等。但沒有給什麼建議。後來也聽說西研所有人「小說寫得很好」，但沒有那個好奇心去打聽。大概是第二年，在水晶（楊沂）的課上（紅樓夢，中文現代小說？）見到了去年自縊身亡的小說家袁哲生，很殷勤的侍候著老師。其時也不知道那個傳聞中寫小說的人是他。後來在文壇上重逢時感覺上像是另一人，淡江時期的他似乎形體比較大。有一回課堂報告他套用德勒茲的大理論談吳組湘的鄉土小說，被我們私下嗤笑不已。

而共同領略新批評文本細讀的，還有一位長我們一兩屆的陳建志，多年以後發現他的小說連續得大獎。

那些年，我們最受文壇關愛的同齡人駱以軍，早已過了文學獎參賽的階段；一九九三年出版了前兩本短篇小說集，且密集的發表後來收在《妻夢狗》上的小說。同年底，我始以〈落雨的小鎮〉得聯合文學小說新人獎短篇推薦獎；一九九五年，袁哲生方以深爲其時如日中天的張大春激賞的〈送行〉獲中國時報短篇首獎。

另一位讓人懷念的老師是治目錄版本學的周彥文老師，和氣愛笑的小帥哥，努力爲我們建構一個從目錄學看學術史的寬宏視野。但最令人印象深刻的是，當我們不用心時，他轉述他的老師當年對他們的詛咒：「以後如果你們當老師，就知道會有什麼報應。」

什麼報應？

笨和懶的學生，或學生的懶與笨或木然如死狗，是教師職業生涯無休止的懲罰。這些年當然都領略到了。

淡江和台大，私立和國立，學生給人的感覺差別滿大的。台大的同學，普遍自負而冷漠，也許中學時都是班上拔尖的，甚至念的是名校如北一女建中師大附中，台灣的準菁英儲備，誰也沒把別人放在眼裡。而淡江，班上的同學，或稍大一兩屆的學長姊，程度和資質普遍不佳（當然不排除有少數例外），或資質不壞但很散漫，知識儲備驚人的貧乏。但熱情，愛玩，也能玩。不同屆之間好以學長學姊學弟學妹互稱。一個大概是事實的傳聞是，有一回正當學生們學長學姊的叫得正親熱，突然我們的龔教授出聲了：「什麼學長學妹，都是一群笨蛋！」

大夥頂多是敢怒不敢言，有的我想甚至連怒都不敢。

龔鵬程教授本身是淡江中文系的一個傳奇，甚至可以說是台灣中文學界的一個傳奇。未滿三十取得博士學位，未滿三十五升正教授、最年輕的文學院院長、最多產而廣博之類的。但龔的資質和努力，確實居同儕之冠；所以四十歲以前寫下的著述總量，大概遠超過許多老學者一生之總和。這點，恰和年齒相若的張大春類似。巧的是，這兩位外省第二代都有文化遺老的情懷，都自矜舊學根柢，目無餘子，資質絕佳且多緋聞；也不知怎麼的，著作離眞正的大師的深刻總是差了那麼一點。是因爲沒有夠強勁的對手或敵手，以致過早的停止思想或心靈的成長，自得自滿，無法更上層樓；或者低估了當代西方大師的水平，沒有選對眞正的高峰好登頂，就因爲「好山多半被雲遮」？

剛到淡江，曾有學姊帶著驚嚇的語氣向我們宣導，說修龔教授的課有多困難多吃力，涉及的知識領域有多難以應付云云。這和我的感受差很多。大概因爲上課之前我就把龔教授的多部著作細讀過了，熟悉他的思考方式及詮釋進路。他開的課並沒有超出他著述的範圍。而且常理上，一個學者的見解短期上不太可能超出他的著述。

那時他在陸委會當官，忙碌而疲憊，可能因此而更不耐煩，常問我們哪些書讀過沒。給分數非常苛刻，大多是七十多分頂多八十多一點。印象最深的是他對學生毫不保留的蔑視，與及難以跨越的生疏和冷漠。這些年來，我不知道我的朽木學生們對我的感覺是否也是如此。有時會遇到資質不錯的學生，大概和我一樣屬於漂流木吧。

在剛入學後不久的一場「東南亞華文文學國際研討會」上，我毛遂自薦發表了一篇論文〈神州——文化鄉愁與內在中國〉（初稿），忘了是發表前還是發表後，曾見到龔教授徑直到人堆裡來問「黃錦樹是哪一位？」（友人提醒說，還有一句「林建國是哪位？」建國毛遂自薦發表才氣橫溢的〈爲什麼馬華文學〉）然後點點頭歪歪嘴怪笑數聲離去。算是致意吧，我想。

學分修完後，在所內的一場學生研討會上，我發表了一篇論文批判他的文化觀及文化史觀——〈隱沒於「寓開新於復古」之中的——一個起點的討論〉——龔也在場，會後他的反應是，「全錯了」。大概和多年以後我那篇批判張大春的論文發表後當事人的反應類似。我到現在還堅持自己的看法，我覺得我看到這一流亡遺老世代的認識論盲點。康有爲梁啓超提出的中國文化史「以復古爲解放」的變遷規律，局限了他們對西方的理解與想像；甚至心態上不免總是陷於文化民族主義的排外。對西方現當代豐厚的文化產業，輕視甚至蔑視，甚至不免是忽視。如此是否構成了視域封閉的詮釋循環，視域難以眞正向西方敞開，以革除封閉自足的漢文化中總是被自我視域修護、合理化的民族文化盲點。

其時施老師看了後說，「你可以看出龔老師的盲點，可見你的程度比其他同學好很多。」

後來他到中正大學歷史系去了，有一回在那兒辦場什麼「台灣經驗」的研討會，要我寫篇論文。我寫了那篇後來頗受同行賞識的〈從大觀園到咖啡館——閱讀／書寫朱天心〉（初稿），負責辦會的「菜籃公主」還故意不幫我安排住宿，因爲我還只是碩士生，而且是「龔老師的學生」。多年以後，已成一方角頭的「菜籃公主」卻不免是前倨而後恭了。

那會上最後一次見到林燿德，減肥成功了，指著我說「不要都不聯絡」。沒多久就聽到他猝逝的消息。

碩士論文決定以章太炎爲研究對象，也只好找龔老師掛名指導。因他發表過這方面的論文，對晚清學術也熟。但他實在太忙，我猜我的論文他一直到口試那當下才開始翻閱。那場口試是一場災難，口試委員之一的新儒家第三代之前即放話要修理我，因爲我「很囂張」。具體細節我都忘了，總之很不愉快，此後對新儒家的道德實踐有了更深切的體會。最後龔老師說了頗長的、不乏感性的一段話，內容我也忘了，但有一位旁聽的學弟（記得是資質不壞的第五代新儒家）私下做了個總結，用的是我覺得會起雞皮疙瘩的三個字：「他懂你。」

據說因爲另兩位口試委員的積極勸說，我才沒有被氣到冒煙的新儒家當掉。現在回想，其時鬥雞似的態度確實很不好，如果換作是今日之我會如何？會不會勃然大怒？也許會，但不致如此。因爲不會沒眼力到看不出一部論文的核心論題，而改作文似的逐字逐句挑毛病窮挑釁。我到今天還認爲該論文觸及了一個難以處理的大論題，只可惜其時在學術上孤立無援，只能憑自己硬幹，以致雙方都沒法被對方說服。也許需要更多年、更遠的迂迴，方能眞正的抵達事物的核心。

口試後和龔老師通過頗長的一通電話，細節我又忘了，大概都是些勸導之詞，也算是難得的苦口婆心了。我想他不只深知新儒家道德高超，考據派更是博大精深，殺人不眨眼。只記得一句話：「哪個人的學問是靠老師（學來）的？」及納悶說我爲什麼那麼反傳統；以「讓你有充分的自由」解釋他之所以以「放牛吃草」的方式「指導」我的碩論。但至少可以介紹一些很有幫助的書或論文吧？或討論某種論述的盲視與洞見？

朋友們都知道他極度節儉以至吝嗇，沒有人喝過他一杯咖啡。學問上也是如此？

其後被學長姊押去報考台大博士班，讓龔老師寫了個推薦函，我只記得其中有幾個字，「擅於隅反」。翻成大白話是「很會舉一反三」。

幾年後我在清華寫了篇急就章博士論文，畢業口試時發現他赫然在列。一如往昔，論文大概就是現場翻翻，問的問題也了無新意。還好其他口試委員都是客客氣氣的，也就順利通過了。口試後照例要請考試委員吃飯，龔老師很內行的點了牛尾湯，喝得非常愉快。

後來我在爲博論寫了篇序，略略批評了頗令人不滿的中文博士班的狀況——譬如過度保護自己的學生，程度不好也能直升博碩士；不同領域的老師之間勾心鬥角，心結嚴重，其實都是學界的青年材俊；沒人願意爲博士班開課，致博士生只能修碩士班千篇一律的課，或者到外所去。領了畢業證書後引起喧然大波，據說開了兩次系務會議要討伐我。我那位掛名的年輕的指導老師，一時成了眾矢之的，被迫寫了長函自白並批判我。印象最深的是，她說我沒經她同意就引述她對我論文的意見（以便反駁），如果是在國外等於違反著作權云云。

事後，有朋友笑說，比起來龔老師有器量多了。

這事件讓我深深了解學院政治的可怕，青年材俊們小鼻子小眼睛的互相瞧不起，各自盡力保護寵愛的學生。那時由於我是第一個提出要畢業的，故而緊急訂定了種種法規。譬如半年前先交三章預審，過了方能提申請。後來才知道，那嚴苛的法規只對我適用，同屆而後來畢業的，都依據新的較寬鬆的法規。而根據行政法，同屆應依據同樣的法規，新修的法，只適用於新進學生。最離譜的是，與我同屆的一位他們最寵愛的學生，迄今還沒畢業。兩年前滿八年的時限，以憂鬱症爲由向教育部申請再延半年。半年後論文還是寫不出來，據說他們決定讓她先畢業了再補交論文。不久前聽說有人向教育部檢舉，終於被迫退學。

如往常，我和師友一向少聯繫。地震後高牆倒下，英明的校長孟母三遷把學校遷到台北，我的〈哀暨南〉甫刊出。在台北見到龔老師，他已發胖，應是在南華校長任內，大概說了句「當家方知柴米貴」之類的。我想是站在孟母的立場吧。數年後，他託朋友傳話，「在暨南如果待得不愉快，可以到佛光來。」不久即聽到他因烤全羊事件被和尚尼姑群毆鬥了下來，出家人還向狗仔刊物揭發他當年在嘉義喝花酒等等陳年往事。對我們來說，這都不是新聞了；更糟的都聽過，但只合用作小說材料。

我也從沒考慮過到佛光。感覺上他滿「衰尾」的，去哪裡都待不久。每次他的朋友或學生被帶去，他走了他們留下來「鞠躬盡瘁」，不知如何善了。我也不知道到底該相信他的哪一副面孔——士大夫情懷，以重建或開創一套新的中國文化史解釋爲己任；還是——學術商業之拓展，開店或建廟似的，但每每虎頭蛇尾，始亂終棄，類乎到處留情。

但我已多年不讀他的論著了。在書店看到時也會翻翻，所見多係舊文的重新編次。在我看來，他最好的論著都是四十歲以前寫的，關於古典詩文、文學理論與思想；雖然有人看過他在國科會「專長領域」內填入「全部」，論述範圍也幾乎遍涉整個古典領域。文化遺老的知識形態都是百科全書，不論是晚明—清初三大家，還是晚清—民國諸大家。龔老師注定和自稱是中華民國遺民的章太炎是意識形態上的同時代人，也分享了斯輩的思想局限。他素來瞧不起錢鍾書陳寅恪這兩位號稱全中國最博學的，但我以爲陳的思辨能力不容小覷；而中國的老派學人的學問，也往往口說勝於筆書，慎於著述之故。譬如王國維對之執禮甚恭的沈曾植，時人共譽爲博學通人者，也沒留下什麼了不起的學術著作。

但錢鍾書最令人納悶。留洋，諳熟多種外語，博極中外群籍，採擷了珠玉無數，卻只是裝在透明的瓶裡。並沒有設法貫串爲觀念的聖殿，爲之造形，賦予偉大的形式。有限的說解，好影響追蹤，最終留下的不過是碎片，材料。這不是典型的哲學的貧困嗎？爲什麼他會與胡適、傅斯年共享這種局限呢？

最令人遺憾的是，他也沒有充分發揮小說家的才能——不是指傳說中的《百合心》遺失——爲什麼不把《管錐編》創造成詞典體的僞知識僞百科全書呢？到底是讓那嚴酷的時代給毀了。

行內人都知道，陳寅恪最有名的論斷是關於中國文化史的規律的。在爲馮友蘭《中國哲學史》的審查報告裡，他預言到西學在中國的命運，必將依循道教與新儒家的老路。「對輸入之思想「無不盡量吸收，然仍不忘其本來民族之地位。既融成一家之說之後，則堅持夷夏之論，以排斥外來之教義」。這不是「寓開新於復古」的另一種版本嗎？

但陳寅恪龍困淺灘時的晚年著述確實以語詞構造了一座迷宮森林，值得玩味。

但龔老師眞能超越錢陳那一代人的思想局限嗎？其實我很懷疑。

但我們這一代又能走多遠呢？即使是漂流木——朽木卻不妨「立地成佛」——當下磨爲齏粉。

二〇〇五年二月十八日初稿，二十四日補

原載《星洲日報·隨感錄》，二〇〇五年三月二十七日

在一座島嶼中間

一

許多年前，夢裡常回到千里外那多雨燠熱的故鄉。那樹林，交錯的光和影，風中沙沙作響的滾動的落葉，泛著光水淺清澈冰涼的小水溝，多游魚——許多年後在此間水族館裡發現泰半大概都是當地的特有種。尤其是馬來半島特有的凶悍豔麗的短尾鬥魚，在我異鄉的夢裡巡游了許多年，頻繁到說出來會令人恥笑的程度。那時二十出頭，關在沉悶多塵埃的都市狹仄不通風的學生宿舍，茫茫然不知未來該走什麼路，其實連夢都不敢想。

奇怪的是，多年不再做類似的夢了。是年歲吧，不太做那麼有感情、童稚的夢了。甚至不常記得做過的夢——健忘延伸到夢的領域？也因爲遷延，漸漸遠離終究適應不良的都市，一步步移向這座島的中心（「地理中心碑」就在鎮郊），到這小鎮，一待也進入第十個年頭了。多年來好多人都問我何以不選擇其他地方（尤其是所謂的北部「名校」），機會並不是沒有，但那其實意義不大。即使換了學校，工作還是一樣的工作（都是製造「桃李」，誤人子弟），只會更辛苦不會更輕鬆（眾所周知，「名校」有嚴重的業績壓力，爲了維繫它得來不易的名聲。當然，它也因此擁有更多資源）。而且務實一點盤算，城市生活的開支只會更多，人際關係也會更複雜。況且我也不要求什麼國際名聲，出國鍍金鑲鑽石等。我需要的是時間和自由，——或嘲謔一點，陽光、空氣和水——以便做一點想做且能做的無益之事。否則日子一天天過去，總有一天會驚恐的發現時間已經用完了。這該算是淡泊吧？

這被群山包圍的盆地小鎮埔里，其實和我出生成長的小鎮居鑾（Kluang）頗爲類似——那也是個盆地，只是山沒那麼多重，但周遭一樣多丘陵地，覆蓋著次生林，或經濟作物。多霧，多日照，人口稀疏。

十年前一個偶然的機緣讓我來到這裡。那時新婚不久，在台灣補請師友，聯繫一位大學時代的老師，他人沒來，倒是客氣的回了封信（更多的大學時代的老師是置之不理，大概對紅色炸彈深惡痛絕，畢竟大家都「桃李滿天下」。但不寄又怕得罪），說已畫好一幅畫要給我們當賀禮云云。那時在念博士班，需要工作，遂給幾間新成立的大學寄履歷，不料剛成立的暨大中文所竟有回應。正是那位昔日的老師，原來又是他到此地「創設系所」（台灣中南部國立大學的相關系所，一般都由北部幾間老國立大學「繁殖」而來——派一位資深教授去創設，不免帶去若干忠心的弟子門生，及衍生出相關的人情，同時製造出頗具勢力的學閥）。經過一番波折（主要是等待確認，譬如關鍵的聘書），我們就把全部家當（包括一輛畢業離境的兄長送的原本要報廢的破機車）搬進這小山城，匆匆住進打鐵街附近窄巷育樂路的房子裡。巷子窄到車子進不去，兩對戶人家各自停了機車腳踏車，放了納涼的竹椅後，就只剩一條散發著臭味的小水溝的寬度。屋內幾乎照不到太陽，如此的迫仄，被鄰居干擾也是必然的事。

剛開始根本找不到學校。問了方向，騎著那台聲音沉悶、吐著臭煙，逢雨必死火的破野狼（後來在一個寒冷的冬天，因暴斃而被棄置於龍潭暗巷裡）依著大指標（那時標示不清）在中潭公路上往返飆三趟都沒有發現學校的所在。原來那時入口新開了路，整片山坡被剝了皮似的紅土裸露，部分在植草，圍網做擋土牆，難以形容的猙獰。竟沒想到那即是我苦尋不著的工作地點。原是一片台糖的牧場，一座台地，滿覆牧草，放牧著肉牛。破野狼確是噴了許多煙才走上去，寥寥幾棟建築，行政大樓，教室，學生宿舍，及我那時還沒資格申請的老師宿舍。

第一份正職，終於有第一份固定的薪水，身分也由學生轉為外聘，二十九歲了，發胖，掉髮。兩年的講師，終究被淌進學院政治的混水，痛苦不堪，一言難盡。譬如終於理解年輕學者的銳氣和雄心是如何被磨蝕掉的；沒有才能而有野心的人占據了權力的位子會做些什麼事（據說賀爾蒙的分泌也會跟著改變）……而我那位資質絕佳（據說身懷書畫絕技）、古典訓練完備的老師，也充分顯露出他人格上及行政上的種種闕失——過分的大家長氣息，權謀，喜小朝廷，多猜疑。不愛當面溝通，喜歡用間接轉述，或小動作。殘存的敬意及師生之誼，兩年內也幾乎消耗殆盡。但我畢竟該感激他（不論是無心還是有意的扶助），因彼時已鮮少學校聘用博士生為專任講師，因為量產的博士早已滿街跑。甚至我之被延攬，也有兩種說法。一是後來從旁人那裡聽到的，他是借我來保送他的一位同時聘爲專任教師但只具有碩士學位的學生（此姝確實資質頗佳，傳統訓練也完整），他那時要求我需辦妥博士候選人資格證明；而（傳聞）他在教評會上推薦我的說詞即爲第一種說法——那時我剛獲中國時報文學獎不久，出版了一本小說，發表了幾篇論文——「在座有哪位博士班還沒畢業就有這樣的成績？」也許兩種說法都成立，畢竟二者並不衝突，聘我不過是順水推舟，一舉兩得，或數得。

我也明確知道（有一陣子經常有不得不去的飯局，聊大小事）他鄙視資質與學問平庸之輩（這種人到處都是，且往往不知自量），只要是聰明人，即使那是敵人也抱有幾分惋惜的敬意。但我也惋惜他太膽小，或受限於中文系窄仄的訓練，並沒有善用他的資質和學養，開啓有力的論說。我的另一位老師，他的同輩，曾多次讚嘆他的聰明和學問，認爲他是同輩中文學界最聰明的兩個人之一。最愛舉這麼一個例子——後來貴爲中研院院士及普遍被學界唾棄的那位曲學阿世的綠朝新貴、中國上古史專家（也就是最近送人「典型苑在」輓額的那位搞笑部長），年輕時與他爲鄰，因不諳上古文字，時時抱著上古文獻敲門請益，他也不需工具書，就地解說，傳爲佳話。

猶記大學時代，此君以口才佳頭腦清楚學識淵博而普受「桃李」（大部分都是朽木吧）仰慕不已。而有一回我私下問他專長領域，他臉露忍著一半的笑意，慢條斯理的從上古文獻屈指數到清代，我也忘了其時他有限的、帶著粉筆灰的手指有沒有重複使用；另一回我拿著一本台北文化狂人李敖的《千秋評論》「王國維之死」專號，他無聊的翻翻，竟拿去揮打教室裡紛飛的台大蚊子，然後說了個故事。他說多年前他念研究所剛搬進台大男生宿舍，有一個人剛打包搬走，那個人就是李某。還說李敖很聰明，「和我差不多」。我也覺得這並非虛言，先天的稟賦就像是上帝擲的骰子。

只可惜終於消耗於各式各樣的自我內耗，尤其是性格上的扭曲。是因爲有著不爲人知的精神分析意義上的身世的創傷？還是偏安戒嚴體制下的老中文系早已患病——是癥候也是病院——消耗了良材？而問題或許也不僅僅是流亡者的文化守夜終成「乾嘉餘孽」？這都有待社會病理學家研究。

大概眞的「涉世未深」，總是不解，不是教育的場所嗎？爲什麼那麼多人都對權力看不開，視學界如政界，那麼愛當官。必須經過幾年的紛擾與角力，「權力平衡」後，方能漸漸平靜下來。

三個月後搬到明德路，兩層的排樓，養貓三隻；又一年搬到隆生路，埔里盆地邊郊，半座三合院，妻最愛的荒廢老宅；父亡於故鄉，生子一，輕度腦溢血。年餘，搬虎山，台灣地理中心旁。遇大地震，幸房子堅固。貓失其一，流亡北部半年，生女一。遷學校宿舍，貓又失其一，住三年。遷牛尾，盆地另一處邊郊的大農舍，迄今又近兩年，老貓失其一，又失一黑貓。新養小貓三隻，小雞三隻，烏龜二。

住在這樣的地方，多少有點隱居的感覺，至少遠離多交際應酬的大都會。往來的文壇朋友並不多，外頭的活動能不去就不去，一動不如一靜。無疑我是此間文壇的邊緣人。就這點而言，和兩位來自熱帶的同鄉小說前輩倒是一脈相承。

二

小鎮，甚至這個縣，當然不乏寫作者。此地文史工作者、地方藝術家也並不少，但我只有剛來的那兩年被拉去應酬，此後多年皆無往來。畢竟應酬只是浪費時間，一如我和學校的同事在諸多事故後再也沒有私人的往來。我也自認是個客人，並不屬於任何在地的群體。此地雖被譽為全台「最宜人居」處，有最好的水、空氣和陽光，但並不是個文化積累豐厚的地方。

雖然部分台地有石器時代的遺跡出土，但畢竟是上古遺跡。此地的開發還是日據時代以來的事，不過百年。出生於埔里殷實之家的日據時代作家巫永福先生，在他的回憶錄中寫道，「一九一三年我出生於日治台中州能高郡埔里社街八十五番地，清朝時代稱為大埔城東門，即今之南投縣埔里鎮東門里，台灣公路局埔里總站後面的小巷內」（《我的風霜歲月：巫永福回憶錄》〔台北：望春風，二〇〇三〕，頁一二）。那地方搭公車離開埔里總會經過，如今已破落不堪。巫氏家族的產業當然不會局限於此一隅。他出生時，距日本殖民台灣（始於一八九五年）不到二十年，那時埔里正緩慢的開發中。巫氏的回憶錄告訴我們，自其曾祖發跡於魚池（埔里鄰鄉，因其曾祖大宅之護城濠溝而得名），父親經商發跡於埔里，但他們生活的年代，基本上是在獵人頭的陰影裡——「母親……往東門外十一份、水頭、枇杷城原始林，撿柴回家自用，此地與住內大林、過坑的布農人較近，埔里人稱其為南蕃，常在十一份、水頭仔、枇杷城出草殺人，埔里人備受威脅。另在北門城外蜈蚣崙庄、對面眉原社住有泰雅族人，埔里人稱之爲北蕃，常在對面的蜈蚣崙庄、大湳庄、守城份、虎仔耳庄出草殺人，埔里人備受威脅。爲防蕃害，大埔城埔里街周圍建有大濠溝，並種刺竹爲城，設東西南北門，各門設吊橋，定早時六點放下，下午五點收橋」（《我的風霜歲月》，頁一九）。文中所述的南蕃北蕃出沒處，我都住過，暨大及其周邊應係前者（南蕃舊獵場）；現在的居處比大湳守城還更郊外些，屬昔之北蕃出沒處。——那時的埔里比現在小得多，或者說，屬於原住民的部分多一些。這裡臨近中央山脈，一直延伸到花蓮宜蘭山區，都是原住民的大本營。自日本據台之後，漢人的武力抗爭之外，從一八九七年迄一九三〇年爆發霧社事件止，泰雅族原住民的抗爭一直延續著。而霧社正離這兒不遠，海拔較高，確實涼爽多霧。住虎山期間，夜裡常享受霧社吹來的陣陣帶著霧氣的沁人涼風。經過五十年的日治，原住民基本上遠遠的退到山上去了。少數住在鎭上的，也融入了漢人的現代社區。

霧社事件讓六個武力抗日的泰雅族部落幾遭滅族之痛，倖存者被遷於附近的川中島（國民黨來台後改名清流部落）監控安置，立餘生紀念碑一座。餘生兩字，簡勁直接而哀傷，堪稱神來之筆。令人想起大陸小說家李鋭的長篇《舊址》，一個繁盛富裕的大家族被大革命摧殘得只剩一方舊址牌記。此亦爲舞鶴長篇名著《餘生》之所取材。清流部落也在埔里附近，我們曾經驅車走訪，是個非常寥落蕭條的社區，毫不講究的草草搭建的低矮房屋，灰色調，屋簷的陰影裡是老人，路旁是嬉戲的小孩，小孩總有點髒兮兮的。典型的移民小鎭的淒涼感覺，健康的成人大概都外出謀生去了。

巫永福的回憶錄另外也提到一些有趣的事，譬如日本人喜歡埔里，依人口比，「埔里的日本人口應是台北市之外最多的鄉鎮」。因此之故，日據時代埔里的基礎設施也較佳，諸如水電、醫療，甚至教育、交通——有小飛機場，雖然公路尙未開通，得乘台糖小火車，到台中得花上八、九個小時。即使現在，從埔里到台中，因爲多山路彎，開車也得耗上一個半小時；到台北三個半至四小時，仍被稱爲全台灣交通最不便的偏遠地區。但因海拔稍高，多山，涼快，多雲霧。且近日月潭，日本人仍極喜愛。最近更有大規模的退休旅遊考察團到訪，也許不乏返鄉的異鄉人，算算年歲（日本戰敗迄今六十一年），也許幼年時住過這裡。巫氏也寫道一九一七年一月埔里發生大地震，「埔里大部分簡陋古早厝都倒壞致有死傷」。一九九九年九月二十一日的九二一大地震情況相仿，許多人瞬間結束了人生，什麼都來不及做，看不到明日的太陽。倖存者皆無眠，不管站在哪裡，都可以清楚感覺終夜地在抽動，彷彿餘怒未消。這大概就是古書中說的「天」的力量了。不少學校同事地震後不久就離職了（這一點都不稀奇，邊疆學校原就是驛站，年輕學者的跳板，和地震沒有絕對的關係），於我，恰似度過另一次的成年禮。在生病的疲憊裡，最難受的是決策者愚蠢的遷校；斷垣殘壁的謊言，都市人膽小自私的嘴臉，知識工廠廠長率作業員及半成品等集體倉皇逃命的惡劣形象。

但不免被問及地域是否影響了後續的寫作。直白的說，應是這樣的問題：有沒有可能本土化？我從來就不是一個寫實主義者，更不是個風土作家，不會刻意以居處的風土來展示認同的刻度。而且近年更明顯意識到文學畢竟是純粹的符號空間，眞正的力量來源於想像力（人類心靈最大的力量之一）對不同資源的調度調和，調節思辨與激情。而居處及環境，不過是諸資源之一而已。當然這並不是說那是不重要的，但往往是極爲隱蔽的，甚至私有的。我想我同意俄國流亡作家納博可夫（Vladimir Nabokov）.爲其飽受誤解的暢銷書《洛麗塔》（[*Lolita*]一般被認爲是寫中年男人誘姦、囚禁小女生的情色小說）後記中的解說，小說中角色演出諸情節的場所，對作者而言往往有特殊意涵，譬如是酷愛蝴蝶的他昔日捕捉到蝴蝶稀有種的山間小道，某次與親人遊憩的小山丘，「這些是小說的神經，神祕的節點和隱下協調器，小說情節由此得以連綴——雖然我非常清楚地意識到這或別的一些場景會被某些讀者一帶而過，或未被注意，甚至沒有被碰過」（〈談談一本名叫《洛麗塔》的書〉，《洛麗塔》[南京：譯林，二〇〇〇]，頁三三五）。風土必然依著情感的邏輯進入符號空間，但也許對一般讀者並無意義。那些符號，作爲隱祕的記號，只會召喚擁有共同記憶的人。

補寫半年前七百字舊文　二〇〇六年二月十三日

原載《自由時報・自由副刊》（簡本），二〇〇五年七月二十六日、二〇〇六年五月二十二日

原載《星洲日報・隨感錄》，二〇〇六年二月二十六日、三月十二日

四狗大學一隅

一

從中國大陸暨南大學（敝分校或本尊）的網頁中剪出下列文字，道出敝校的來歷：「『暨南』二字出自《尚書·禹貢》篇：『東漸於海，西被於流沙，朔南暨，聲教訖於四海。』意即面向南洋，將中華文化遠遠傳播到五洲四海。學校的前身是一九〇六年清政府創立於南京的暨南學堂。後遷至上海，一九二七年更名爲國立暨南大學。抗日戰爭期間，遷址福建建陽。一九四六年遷回上海。一九四九年九月合併於復旦、上海交通等大學。一九五八年在廣州重建。」由於國民政府在大陸兵敗如山倒，學鄭成功退守台灣，偏安孤島「勵精圖治」，在韓戰後淪爲老美的戰略棋子，受其庇護、卵翼其下，猶夢想光復大好河山。無奈老兵不死，只是會隨時間凋零，終究是一場空。然而復國夢與神州想像，混合著掌權者的自我神格化及部屬的馬屁用心，被具體化於符號空間，幾乎所有公共場所都可見的孫中山蔣中正的銅像；反共口號及三綱五常的倫理教條，也曾經污染了所有公共空間（一如殖民時代，一如對岸的革命年代，形式雷同，雖然指涉對象不同），譬如每個城鎮都有中山路中正路，忠孝信義仁愛和平路。而規模最龐大的「光復」活動，應屬大學的「復校」，從政治大學、清華大學、交通中山中央中正，一九四九年後紛紛在台「復校」，而暨南大學，應該是最後一間，一九九〇年規畫，一九九五年部分系所開始招生上課，向鄰近的埔里高中借教室。再過數年，國民黨政權易手，復國之夢終成泡影。本土化浪潮排山倒海而來，暨大大概成為「復校」戲碼的絕唱了。

校名為了區隔，加上「國際」二字，以免引起如兩岸清華誰為正統的困擾；但校旨大略不變。不變的意思是，它具備文化與政治的雙重使命——海外華人子弟的漢文化教育（保留百分之十的名額給僑生），及潛在的文化民族主義（文化認同）號召。一如國民政府時代，中華民國台灣的僑生政策，本身就具有這雙重目的，與中共在海外華人社群中進行文化民族主義角力。而近年的本土化浪潮，弔詭的把華僑減縮為台僑，而建構中的台灣民族主義又顯然是與中華民族主義對敵，無形中也排除了「華」的跨國界想像共同體。從這個角度看，暨大的「復校」成了歷史的反諷：它的正當性源於一個被當今執政黨唾棄的民族主義，而身世複雜的「僑生」們，大概也弄不懂這層層疊疊的歷史亂麻。但務實一點看，這歷史的包袱或幽靈大概也無傷大雅，創校的名義不過是個殼子，不必太當眞。暨大實際上和其他台灣的大學並無不同，仍是綜合大學，仍是以工商為主，教育、人文、社會為輔，談不上什麼有特色的東西（相較於廣州暨大的華文學院，這裡的東南亞所只是個小巫），也談不上有什麼區域特性，因此也看不出有什麼特別的未來，平均而平庸，一如國內大部分的大學。整體上投合主流的社會價值——製造中產階級社會的「有用的人」，資本主義的螺絲釘。而廣收馬、澳之外（如印尼、緬甸）的華裔學生，因後者來台前普遍欠缺充分的華文教育，根本難以適應純華文的教學環境。連基本的讀說聽寫都有困難，更遑論各門專業。僥倖求生存而已，更不知有多少敗北的挫折創傷，大學夢碎於此異國台地。說得難聽一點，僑生云云，不過是異國情調的點綴而已。也許也包括我的存在，在此。

一九九九年的大地震，彼時的決策者後來被社會輿論與在地出生的立委（綽號蟑螂者）惡言炮轟下台（仍愛寫暢銷勵志書，繼續暢銷，繼續普渡眾生），當時的質詢就包括了對校名諧音的低格調擬仿（以妓擬暨），也提到校名也應本土化爲南投大學或埔里大學，放在近年執政黨技術性去中國化的思維裡（譬如要求公營事業把名字裡的中國或中華都改爲台灣），不是什麼新鮮事。愚意不如在地化得更徹底一點，暨大後山舊名四狗坑（近被愚人改爲乏味的四菓坑，四菓者，桃、李、香蕉、芭樂？至少有一半是本土產），校名可逕以四狗（愛吃香肉的廣東人所謂一黑二黃三花四白也）名之，必爲全台大學奇名之冠。我曾騎機車逛過後山坑谷，確見到滿山遍野各種花色野狗，該地名大體紀實，並非妄言，大概斯地舊爲鄉人棄犬處也。一如後山桃米坑，亦爲淺人所妄改。舊名挑米，亦紀實也。後山有挑米古道一，昔日公路未通，爲村人徒步挑米往返台中之山徑。某年妻突發奇想，擬到古道將盡處一客家村莊覓居處，也幾乎談好了——一間只有屋頂尚稱完整的荒廢老磚房（藏有許多蒙塵的竹簸箕），屋主答應整修了租給我們，但我卻猶豫久之。那裡雖遺世獨立，然而古道雨後多落石倒樹流潦，又是到校必經之途，哪天倒楣被擊中，難免要「痛失英才」；根據現有法令，孤兒寡母且很快就被驅逐出境。

二〇〇一年聖誕節，因原住處的房東說要賣房子，我們被迫申請搬入被我謔稱爲樣品屋的學校宿舍，迄二〇〇四年四月，共住了三年又三個月。兩樓雙併（半獨立）透天，一廳二衛，一大房（套房）三小房，外觀不錯，像渡假小別墅；旁有草皮，前有花台、露天停車位，我們私家垃圾多（包括我的書及影印資料，妻的老針車及布匹），好辛苦才全塞進去，包括兩隻養了多年的貓。

三年的生活實無甚可記，每個人都增加了三歲。寫了若干篇文章，讀了點書，如此而已。但也算是相對安定的一段時間，因爲每搬一次家，總需損耗一個寒假或半個暑假，東西全需重新整理。尤其是書，好多書都換了位子，要用時往往得找上大半天，甚至數天。影印的資料更不用說。我迄今還處於這回搬家的餘震中，這些天甚至找不到多年前自己寫的散文〈芒刺〉剪報，及因編《華馬小說七十年》需翻查的相關馬華選集。

二

小孩大概會一直記得，一棵學校栽的楊梅每年五月固定開花結果，站在樹下伸長小手即摘得到。

夏日炎炎，在樹旁放置塑膠游泳池，游泳。

一位好心腸的老郵差聖誕老人似的日日給孩子派糖果，騎著老野狼，有信沒信都可以向他招手。糖派完了或匆忙中忘了帶，會一再的向小孩致歉。

常被問及「爲什麼不住學校宿舍」；許多教職員常抱怨這學校一直沒有一個較理想的教師宿舍規畫。多年來規定每位教師在職期間只能申請一次，只能住四年，和強效預防針一樣，此後終生免疫。校方的解釋是宿舍不夠，只蓋了第一期三十戶（二十五戶開放，五戶保留給「國際級學者」、客座教授、或有眷屬的三長），所以我謔稱之爲樣品屋。這樣的規定和設計，一個直接的後果是，新進教師申請到宿舍，往往就得在這四年內考慮是否要繼續留下，或設法多發表以便升等及跳槽到北部名校。很多優秀的朋友就那樣匆匆離去。但就學校的立場而言，也許會覺得國立大學不怕沒人來。至於發展成和學校緊密結合的學人社區以營造歸屬感，如果不是痴人說夢，也是天方夜譚。短短數年，樹都來不及長大。爲什麼會有那樣的四年條款（謔稱德政），判斷大概是因爲這種偏遠學校，有決策權的一級主管都是從北部大學借調來的，兩年或三年，創系創所，每週來個兩天或三天（所以學校的課也多集中在週二，三，四）。他們眞正的工作單位是那些北部名校，都是資深教授，早有自己的房子或住著北部大學（至少可以住到退休）的公家宿舍。所以在此地期間只需單身宿舍（依規定不能兩地申請眷屬宿舍），事不關己，當然不會當一回事，況且很多人是順便來退休的。近據說辦法略有修改（一次八年）。但我們判斷是爲免空屋過多引來社會輿論，造成麻煩。根據簡單的數學推算，依四年條款，必須有大量的新進教師，否則當大部分教師都住過且失去資格，空屋率會與年俱增，很快會變成新聞——淪爲蚊子宿舍（住的是「摩士吉豆屎」，蚊子們）。職是之故，多年來非不得已不想申請，況且住山上離鎮子九公哩，買菜甚爲不便，寄封掛號都得特地下一趟山。

所有房子都一樣，屋前方路旁有一棵樟樹。我們挑的是向裡側的房子，稍稍可以隔阻週末或公共假期闖進來看樣品屋及欣賞「人科動物」的好奇無聊遊客。宿舍面向一小片五葉松林。與松林之間隔著一條柏油路，再過去是數米寬的土坡草地，上頭的草非常強悍，大概是昔日牧草的孑遺。進化得經得起牛嚙，當然不怕鋤頭。因此墾地時遇到極大的困難（礫石亦多），它們的走莖很快就伸向我們辛苦清乾淨的一小片地。

剛開始天眞的想種點葉菜，不料草坡簡直就是蚱蜢窩，種的不夠餵牠們。但這台地的黃土適宜種植玉米、番薯葉、馬鈴薯和香蕉。前三者我們都種過，尤其番薯葉，終年可以採收，只需天天澆水。有人在屋旁種了一叢芭蕉，幾乎長成一片香蕉叢林。墾地失敗（但還是成功的種下香茅、樹薯、玉米）後來只好把心力集中在宿舍附近，盡可能種點什麼。稍稍安頓好後即開始種花植樹，蒜香藤（後來也爬滿陽台盛放）、繡球（盛開）、金露華（盛開）；種矮株的果樹，檸檬（葉子即可入菜調味）、桑椹（一年即結實纍纍，簡直吃不完）、水蜜桃（在飯桌窗外，一年即成大樹，開一樹桃花）、酸柑（曾結實繁多，但一度幾遭星點天牛環剝致死）、金橘（在樹蔭裡長大開花，悄悄結果）各一，後來一度也種過幾棵赤小豆，一棵黃瓜、冬瓜，都不負所託的結了果。有一年一株百香果爬上三樓陽台，猛開花結果，一家人開開心心吃了一個暑假。

剛到時曾經試燒火堆被阻止，因「此地禁止烤肉等活動」，鄰居也痛恨那股煙味（他們甚至依都市的習慣把落葉打包裝袋送垃圾車而不是覆蓋樹頭，「落葉歸根」，給植物做養分），大概也怕火災。此後總覺得少了什麼。

每戶屋前方有個一坪半左右大小的花台，兩戶間共用個四米長、一米寬的花台；與另一向鄰居共用的是片六米寬、比屋子略長的草皮，兩棵樟樹各種在一角，路旁是種滿了灌木的長型窄花台。除了後者動不了外，前者都物盡其用。兒子小時，且天天在屋前的花台大便，現成的熱騰騰有機肥，埋了滋養妻鍾愛的繡球花。

依學校規定，一定要已婚或有家眷同住方能申請，但馬上就知道不乏單身、浮報父母當人頭的住戶（一直到今天都還那樣，幾已成「傳統」），大家都知道有這種事（包括管理階層），但小職員顯然有苦衷，說「人家可是教授」，可隨時一躍借調爲他們單位的上司，哪敢管。

一位單身女主管愛開快車，每回聽到路口轉彎處的剎車聲，我們都得趕緊吼小孩快閃。她習慣把車飆到自家門口再緊急剎車轉入停車位，全不管這裡的住戶大多有小孩，小孩一般都野放在路上跑。她也不太理會抗議，當耳邊一陣風。年前聽到她在校門口車子被嚴重撞毀的消息（人無恙），眞不知該說什麼。

又有戶近鄰據說台中有房子，平日都不在，只有上課期間獨自來小憩。但週末和國定假日前一天他可忙了，總是半夜突然回來，爾後燈火通明。吸塵洗地板，嗚哩嘩啦洗洗刷刷搞了一整晚。次日一早轎車陸續來到，上山賞雪或安排了附近的什麼觀光活動，熱鬧非凡。有時會聽到他大聲講電話：「不要客氣，什麼時候有空自己過來住。」

一直到他住期限滿爲止，都是如此好客。笑臉迎人，甘之如飴的管家生活。

我們最欣賞的一位先生是個微胖的年輕退伍士官，四十來歲，笑臉，跟隨妻子住進來，有位年齡與我大兒相仿的女兒，我們私下諢稱他爲將軍。他的房子在我們宿舍斜後方，他也愛種花，總是起得早，屋前屋後勤澆水，掃落葉，拔除雜草；把姑婆芋葉子養得雨傘大，一株學校種的愛玉更給他養得結實纍纍，果實飽滿肥大。校工在將軍的房子後院種了兩列愛玉，只有他家的栽培得有規模。有一戶人家大概以爲是野灌木，把它亂刀砍死。太太忙於工作，在職場上衝衝衝，幾乎都由他耐心的陪著愛耍性子的女兒，把屎把尿。他望著遠山感嘆說這樣的生活才叫生活。散步、陪小孩長大、晒太陽、呼吸新鮮空氣。在北部都市裡根本無法想像，但不知可以維持多久。

我們搬走後不久他們的租約也到期，之前就聽他們苦惱說不知道要搬下山還是乾脆回台北，「搬家好辛苦。」最後他們選擇離去，先生體諒妻子在這裡工作太辛苦（新大學新系所，人手不足外務多），決定回北部老大學去。「每個月停車費就不少錢」將軍感慨說。「一個人的薪水根本不夠用。」他知道自己必須重回職場，「這個年紀找不到像樣的工作。」新買了棟公寓，新的貸款，新生活。美好的時光結束。而今在北部某大樓當保全或大樓管理員？不得而知。

許多住戶都保留了在都市住公寓的習慣，終日門窗緊閉，落地窗窗簾也總是拉上，不知道整天在幹什麼。也從不出門散步，好像不知道整座校園都如同公園，最適宜散步。最嚴重的一位是比我們晚搬進去的，住隔鄰，我諢稱之爲神祕人物，所有窗戶的窗簾都長期拉上。自我公寓化之徹底，罕逢敵手。甚至從不打招呼。剛開始是一個人住，後來好像夜間有位神祕女子神祕的進出；後來聽說他們神祕的結婚了，那女人搬進來後也從不打招呼。而落地窗窗簾拉上如故，有時聽到簾幕後電視在報新聞，但從來聽不到交談聲，和一般人家完全不一樣。有一回澆花時竟然聽到男人的笑聲，我不禁向妻報導：他們原來也會笑喲。後來某些夜晚，女子大腹便便出來散步，男人陪著，雙雙都很神祕的樣子。然後開始有嬰兒的哭聲，再不久，只要是週末，都會有一對老夫婦出現。一早開車來，入夜離去，常推著娃娃車散步。妻順著天生的社交傾向，帶小孩散步時與他們交換情報。發現和藹可親的老夫婦原來是神祕女子的父母，老先生是小學退休教師。從台南大老遠開車來，週六天明即到，週日深夜方回去。為的是讓辛苦工作的女兒女婿週末可以睡個好覺。他倆來了第一件事是拉開窗簾，帶小孩出去晒早晨的太陽，降低其神祕傾向。據說神祕夫妻只以電郵往來，而且小孩生下沒多久女的又神祕的懷孕了；不久男的離職到北部，據說在他的專業領域裡，也並非凡庸之輩。

三

如果想在這學校長期待下去，一般而言必須有可以長住之處。家境殷實的很快就在附近購地蓋大別墅。但我們外籍人士連一般貸款都困難，更別說屬於國民的公務員福利。因此一切的規畫都屬短期，總是為流動做準備（總勸大手大腳花錢的遠方朋友要為不測風雲留點餘地，未雨綢繆），走一步算一步，總覺得船到橋頭自然直，煩惱無濟於事。

我們養了兔子，開始是兩隻，一大白，一有乳牛斑熊貓眼，叫熊貓兔。小時關籠子，大了野放到附近自由吃草吃嫩芽，留下全素無臭據說可以做藥的兔屎當肥料。牠們在青草上跳來跳去非常可愛，爲環境增添了不少生趣。大白兔是公兔，脾氣暴躁，動輒鼻腔發出悶哼聲，常被我用軟拖鞋拍打牠的硬頭骨。我們在廚房鐵門上裁了個貓洞，讓貓和兔可以自由進出。牠們有時喜歡窩在妻一樓工作室大桌板下的木箱布堆裡，遇到危險也會往那裡躲。

有一回清晨，藍色花盛開的金露華枝條垂墜，大白兔以後腳人立青草上，兔唇微動，試叨取藍色花喫。萬物都著上溫文的斜光，淡淡的銀邊，伊甸園也不過如是。

但那隻我女兒（其時一歲多）曾揪著牠長耳教牠讀 ABC 的白兔，一天晚上卻被野狗叼走了。那時我們剛入睡，聽到戶外有嚙齒類淒厲的吱吱叫聲，衝下樓只見一群狗往單身宿舍的方向跑去，其中爲首的大黑狗嘴裡清楚的叼著抽動著後腳掙扎的白兔。即使騎機車也追不上。次日清晨在不遠處發現白兔猶有餘溫的屍體，屍首完整，只有後腿被扯掉一塊肉，野狗顯然不是爲了吃而只是單純的狩獵。從體溫判斷，顯然被折磨到近天明才死去。

校園常有大批野狗呼嘯來去，不把人放在眼裡。毛色漂亮精神抖擻，大概是附近人家養的狗，晚上放出來過過當狼的癮。大概一直以來這台地就是牠們的地盤吧。尤其母狗發情的時節，更是熱鬧。台地四邊是開放的，狗群可以自由來去，神出鬼沒。邊郊也有多條產業道路，一樣自由開放。我們建議設法管制，或誘捕，或設鐵絲網圍籬，都不了了之，有關人員有時說，愛狗的學生會有意見；校方也收留了幾隻當校犬，希望以犬制犬，但似乎成效不大。再則表示「狗那麼會跑，沒有辦法」。即使社區小遊樂場裡常有幼童獨自或成群在那兒玩。狗一樣自由來去，只能勸告住戶看好自己的小孩，看到狗記得把牠趕走。如此境況似乎暗示，在這昔日牧場活動的人最好自己小心一點，畢竟這是四狗大學，以狗爲尊。後來牠們又咬死其他小兔，一隻貓，幾頭小鵝。而小孩，確實不只要在視線內，還必須保持在幾秒內可以跑過去一把抱在懷裡的距離內。我們想，大概要等哪天咬了學生（或校長）才會處理吧。校方建議我們散步時自備棍子，說黎明即起來跑步的校長也是那樣自求多福，「沒有辦法」。但有一年，有位同事突然發動校務委員聯署，在校務會議提出，要求校方妥善處理校園流浪狗。成案後沒幾天，狗群好似接到消息，突然不見了，而校園處處可見精心設置的捕狗籠。這故事似乎告訴我們所謂的效率是怎麼來的。

我們也圍了鐵絲網養了雞（好誇張是不是），妻盤算自己養母雞好下蛋給小孩吃，不料兩隻小雞長大了竟都是公的。死了一隻，剩下的一隻初試啼聲時已覺不妙，眞吵。嗓子練熟了，竟不只是天亮才啼，有月亮也啼，遠方有車大燈照過來牠也啼，而且喜歡躍到窗台上，隔著玻璃看我們在做什麼。後來實在受不了，即使隔壁的神祕人物沒抗議，也決定把牠帶到校園一角的台糖舊宿舍野放。其實已是第二次放生，第一次放在後山水塘，牠竟然自己找到回家的路（大概還是捷徑），次日一早得意洋洋的在窗台上高聲叫我們起床。

後來有位也是住樣品屋的同事問我公雞哪裡去了，只好答她：「變成『雉』了，因爲曲高和寡。」

也養了兩隻鵝，長大了嫌臭嫌吵。後來帶到四狗坑警衛室旁的四狗塘（裡頭以大學的淨化污水養了好多荷花和台灣鯛）和公雞一道野放，希望牠們能重拾雁的喜悅。閒時散步帶小孩去探望，同時餵食。總是撲翅嘎嘎相迎。不久其中一隻竟被校警收養的狗群咬死，陳屍四狗塘。只好把剩下的一隻抱回去，此後常跟隨我們大搖大擺的嘎嘎叫在校園散步，會做勢攻擊牠討厭的人。有一回帶著鵝及小孩經過樣品屋保留戶一位日本客座教授的住處，只聽見屋裡啪噠噠一陣緊急的腳步聲，在我們即將走過轉角時，咔拉咔拉作響，紗門被猛力一拉，探出一個頭來，混合著驚奇和微笑的一張臉，望著搖晃著屁股的鵝，久久。

哀傷的是一隻養了多年的貓之失蹤。

搬上去沒多久，冬天，時值小孩生病住院。往後數個月裡，帶著孩子到四周呼喚，終究音訊杳然。那隻貓是妻生小孩前養來做伴的，是隻結紮的小公貓，有波斯貓的血統，性情溫馴到不可思議。借用她的話「牠從來沒對我們凶過」，爪子總是收起來。很愛撒嬌，總是發出嬰兒似的顫音，一身柔滑的細毛，淡咖啡色。和妻的感情尤其好，然而有了小孩後牠明顯被冷落了，再也到不了她的懷抱。也許牠也不免感慨吧。小孩會走之後且常欺負牠，家裡的另一隻貓也常搶牠的位子。牠隨我們搬過幾次家，從明德路，隆生路，虎山一直到學校，剛失蹤時我們一直等牠回來，屢向其時三歲許的兒子解釋：「因爲常被欺負，牠終於選擇離家出走了。」最後看到牠時確實被另一隻貓占去牠趴伏的位子，那晚很冷，牠貓頭鷹般的大眼望一望我們，屈身從貓洞朝黑暗中鑽了出去。

約莫兩年後偶然聽到職員閒聊，一年冬天，一位老教授的汽車引擎不知爲何有隻死貓，判斷天冷躲進去取暖。屍體嚴重腐爛，「難清死了，臭死了，好幾天都吃不下飯。」職員作嘔狀，啐了一口。那戶人家和我們的住處相隔大概不過四戶，而我們竟然一直不知道。

二〇〇六年二月十八日

原載《香港文學》二五八期（二〇〇六年六月）

原載《星洲日報・隨感錄》（簡本），二〇〇六年十一月五日、十二月三日

貧乏年代的閱讀

一

是的，如果被問及你年輕時讀些什麼書，大概不免沉吟久之。

層層疊疊的，那幾乎共同構成了告別童年以後迄今的人生，一個由書拼貼起來的自我。

在那些最早的早年，甚至到初中以前，不用說，幾乎無書可讀。畢竟是底層的移民家庭，父祖輩都沒念過什麼書，經常看到的字最多的紙，就是染著血跡的皺巴巴的報紙——買豬肉時裹著它帶回來的。

大概有一些零星的兒童讀物，但只依稀記得封面的色澤，華麗多色。接下來就是漫畫，非常膚淺的香港漫畫，《龍虎門》、《李小龍》及我已然記不得的一些，長我幾歲而早已失學的哥哥買的可悲的精神糧食。和港台流行情歌、武俠片、言情電影，大概共同構造了好幾個世代華裔青年的想像世界。打打殺殺的，總是報仇、報仇、報仇，強大的敵人被打死了一定會有更強大的敵人，他們的師兄師父師伯或師祖或師祖的生死之交（那就可以無限的畫下去）；而男主人公會一再提升自己的武藝，拜師再拜師，強化肢體武器，反正主人公不會死也不能死（死了就沒人看了），而且那樣的敘事少不了美女。那美女的遭遇呢？這裡我們碰到了香港流行文化的精髓：她一直在被強暴的威脅裡，如果她不是個該被永續使用的女主角，她的下場一定是被大惡人狠狠糟蹋，爾後楚楚可憐的含淚自殺。再過幾回她將換個名字換一幅漂亮臉孔重生，重複她悲慘而受讀者歡迎的命運。這當然是畫給青少男看的（後來還有馬來文版），似乎每週一本，十六開，很薄的紙，三十來頁吧，哥哥們看完後常捲了繫了橡皮圈，珍藏起來。

然後便是些八卦雜誌，內容大概都剪自港台，無非都是些怪力亂神或人間倫理奇聞，是是非非。另外兄長也珍藏若干色情小說，也都藏得嚴嚴實實的。

大概可以這麼說，所謂的文化教養，如果你身在書香門第（或對文化有概念的中產階級），那是日常生活本身，甚至被融入生活方式裡，像呼吸、像喝水，吃飯穿衣那般自然。但我們的存在，卻接近「自然」的字面義。我們來自的那個世界，連「我們的字典裡沒有文化教養這四個字」這樣的句子都嫌奢侈——很多人都沒有字典，也不會覺得少了它會怎樣。那年頭，誰家裡有一櫃書就很令人羨慕了，好像整個櫃子在發光似的。

小學畢業那年，不知從哪裡弄來一部《三國演義》，一知半解的硬生生把它啃完（猶憶那個場景：背靠木板牆，坐在五腳基上，面對寧靜樹林裡不動的光與影），卻病了一場，只記得忽冷忽熱昏睡間，腦中快閃過的盡是騎在馬上的三國人物，殺聲震天——這場血腥的殺戮持續了好幾天。也許是這場象徵的殺戮結束了我的童年。

那些年及往後很長的一段時間裡，《讀者文摘》都算是很高級的讀物，以致許多愛讀書的朋友都一度是訂戶。另外就是武俠小說，尤其是金庸那較具文化氣息的武俠傳奇（在印尼且有大量發行的印尼文版），不知道滋養了多少代沒什麼書可以讀的移民後裔。

初中高中整體情況其實稍好，華文獨立中學的圖書館，少不了有些中文書（鄉鎮的公共圖書館，甚至首都的國家圖書館，據說沒半本中文書），文學作品。少部分是三〇年代大陸泛黃的出版品（包括珍藏在玻璃櫃裡的《胡適文存》），香港紙頁厚於封面、油墨渙散的盜版書；但大部分是台灣的出版品，大部分讀了都忘了，不知道爲什麼還依稀記得有一本是夏志清先生評當代台灣小說的論文集。不是因爲他有名，那時根本就不知道誰有名誰沒名。但因爲那本評論，很長的一段時間裡都誤以爲自己讀過裡頭被討論的作家的若干作品。奇怪的是，那時對以寫實自命的馬華文學就很不耐煩，覺得水平太低，和我們課堂作文的水平相去不遠，和我們華文課本裡收的文章可差遠了。是的，那時我們的課文除了現代作家（如朱自清徐志摩陳之藩）的名篇外，還有不少古文，大概從中也得到若干的潛移默化吧。且從家裡搜出一本大哥留下的《古文觀止》和沒有封面的《唐詩三百首》，因長子的優勢而獲得許多資源的大哥，至今仍寫得一手好毛筆字。

苦悶的青春期，七、八〇年代的大馬，新經濟政策如火如荼實施的年代，華裔青年的成長空間被嚴重擠壓。不合「國策」的華文學校也有迫切的生存危機，華校生自然感同身受。很多人大概因爲苦悶而寫詩，其中有的因此呼喊中國，召喚文化母親。譬如寫〈龍哭千里〉和〈八陣圖〉

的溫瑞安和他的一干兄弟。高中時偶然讀到非常震撼，沒想到有人在和我們相似的年歲時即寫出那樣老練悲涼的文字。然而種種因素使然，此君「此後不復有進」，少年的激越反諷的成了自身文學生命的最高峰。

高中時有位新老師陳君剛從台大中文系畢業返馬，當我們班導師（班主任），帶著新老師的活潑和熱情，很受學生歡迎。這位先生有輕微的小兒痲痺，有點憤世嫉俗，對很多事都有意見，很多人他都不太瞧得起。因爲年歲接近（後來才知道陳君竟是我大哥的高中同學，但他們間似乎「道不同不相爲謀」，一向自負的大哥且記得老同學滿腹牢騷），也似乎比較容易親近，常和男生一塊打打籃球乒乓球之類的。也不知是開玩笑還是當眞的，未婚的他曾掏出厚厚一疊可愛女孩的照片向我們炫耀，說是他編了號的大學生女友。他的創舉之一是搬了兩櫃書到我們班上，讓我們公開借閱。不過是一兩千本書，但已非常令人震撼——似乎恰足以反襯我們的貧乏孤陋。那短暫的兩三年間，校園寫作風氣突然大盛，水平也不壞。如今成了散文名家的低我兩屆的某才女，大概也是受到那股風氣的鼓盪。

多年以後有一年返鄉，其時我在念研究所，大概是陳君的老同學希望我去拜會一下昔日的老師，不料一見面他卻瞇著小眼，表情和語氣都是慍怒：「幹嘛不早點回來（服務），念什麼研究所？」我當下無言以對。玻璃般薄的師生之誼，當場碎了一地。我不知道他會不會以爲我是以他爲榜樣去念（這讓人輕視的）中文系；也牢牢記得我的大哥知悉我做了這不幸的選擇之後是如何的輕蔑——和我一樣屬羊的大哥曾表示他是多麼希望我和他一樣去念工程，好聯手賺大錢。多年來偶然聽到陳君的消息，不外乎到某某華校教書，因故和校內高層不和，離職，如此這般在世間漂泊。他的家境不壞（開電器行），大概因此可以較無後顧之憂，但念中文在大馬要生存畢竟不易，可以選擇的工作並不多。我們判斷他可能也過得不是很好。以他的個性，在敏感多是非多齟齬的華社叢林，勢必吃盡苦頭。而他的熱情可能也和許多不同世代的留台人一樣，早已和青春一樣磨損得七七八八了。

二

我也不太記得從哪年開始對書有一種飢渴，但家鄉小鎮的書局賣的主要是文具和教科書，偶爾有一兩本像書的書也是貴得買不下手。也曾拗母親掏錢郵購了數本讀者文摘出品的高價精裝書，關於宇宙、人體、這世界的神祕（天啊那不是我現在讀小一的兒子在看的東西嗎？）開始深切感受知識貧乏的焦慮。那時買書的最好時機是靠不定期的書展——每年總有那麼幾回，大概都是些回頭書，價格極低廉。我買過一些台灣政治異議分子如彭明敏殷海光的著作，包括幾本李敖封面的火辣刺激的《千秋評論》。後來多次返鄉之旅中也遁此途徑搜集了好一些七、八〇年代的馬華作家集子。

或者專程坐火車（總是不知準時爲何物的慢車，爲了省車資，坐三等車廂）南下新加坡，到俗稱書城裡的那幾家中文書店（多年後才知道那些老闆們，守著沒什麼客人上門的鬱悶的書店，大多是昔年南洋大學的孤臣孽子）去挑些簡體書，清晨興沖沖出發、午後揹著殼一般沉甸甸的背包歸返。那可能是高中畢業後開始打零工時的事了，不然哪來的錢，和閒。

也都淨挑些舊書、絕版書、倉儲特價書（有的書店專批此類書來賣），好些都長出鏽斑，泛黃，發出陳年枯木、老茶葉一般的香味。那也是我對新加坡的主觀印象，在繁華都會一個幾乎被遺棄的角落。

因家在半島的南方，往後的許多年，返鄉必經獅城，時間允許總會去逛逛，收集一點和南洋研究有關的資料。而近年新馬中文簡體書，都比台灣賣的貴得多了。唯一可買的是只在本地流通的土產著作。

然而在離鄉的前夕，我已累積了一小櫃品類繁雜的中文書，數百本吧，收藏在膠園老家的木櫃裡，由弟弟照料。後來櫃子被蟲蟻蛀空了，幸虧書及早移走。我已不太記得是哪些書，但往年每回回鄉，翻出來看看，總會有一些新的發現。也許那些那時覺得有用的書都被我一次次的離家帶走了，如今和不同時期買的書共同堆放在書庫某些偏僻角落，放置罕用書的多蛛絲塵垢的所在。如果不是因上課需翻檢，或寫論文，或編選集而用到，就只有在搬家時才會突然發現它們的存在。

三

最近因上課而翻檢出書庫中的《瓶中稿》（台北：志文，民國六十九年四月，再版本），上頭有自己多年前的簽名註記，「一九九〇年九月八日台北・光華商場」。這本書跟我十五年了，隨著一次次的搬家。那是大學時代買的書，那時非常拮据，常流連那通風不良、悶著尿騷味的光華商場，楊牧著作的早期版本幾乎搜集齊全，大部分還好好的躺在書庫一角（雖然有時偏找不到要用到的那本，譬如這回眞正要找的是《傳說》），只是釘書針的鏽跡不免越來越深。大學時代一度嗜讀楊牧，逛舊書攤不是爲了搜奇，純只是爲了省錢。那些年大概買了不少類似的書，包括年終清倉大平賣的回頭書，泡過水的風漬書，倒店貨——逢書展必趕赴，撿便宜。那時還眞不挑剔，不嫌髒。

那些書，有一部分是再也找不到了，也忘記曾經買過。因爲不確定畢業後要做什麼，是出走，還是回歸，因此兩度畢業（大學、碩士班）前都曾寄出大部分暫時用不著的書，約各十餘箱。部分寄回老家，中文現代文學與翻譯文學各居其半，迄今仍好端端的由不識字的母親收在櫃子裡，雜廁著弟弟妹妹的書，伊會不定期的整理，檢查有無被白蟻侵入。另一部分寄去岳家，因妻彷彿說過伊家裡空間多得是。

我在一篇文章裡抱怨過，那些書連同伊的私人物品，在伊遠嫁後被堆放在一個棄置的房間，連同不要的桌椅床板，全餵了白蟻。我已不太記得裡頭到底有哪些書，只記得一本上課用過的施淑教授編的前衛版《日據時代台灣小說選》。今夏回鄉，到那廢棄的房間去，掀開層層阻撓（包括一輛腳踏車的殘骨），選擇性的抱了兩大塊（看得出原來是兩箱書，只是已被嚴重毀容）潮濕的白蟻窩（無眞心的清理，實在太髒亂了），到紅毛丹樹下放了把火。燒起來眾口一詞，都說好臭。另外撿回一本妻年輕時的相簿，笑靨如花；兩本蟻嚙較輕微的又潮又髒的書的遺骸，套了塑膠袋，千里迢迢帶回來做紀念，見證荒蕪。一本是生活．讀書．新知三聯書店出版的《雜憶與雜寫》（楊絳著，一九九四）；猶記某年返鄉，帶著在機場翻讀解悶；另一是兩屆中國時報文學獎作品合集《手槍王》（台北：時報文化，一九九一），同名的短篇是駱以軍的成名作之一。

但大學以後書的來源確是豐沛得近乎無虞，台大畢竟是稍有規模的大學，雖然現代的部分還很殘缺，新的出版品進得也嫌慢。但一出校門就有許多書店，站著翻閱一向不會被找麻煩。「把書店當臨時圖書館」，我常向學生如此建議，只可惜即使是台灣的書店，普遍還達不到這水平。這也不能強求，因爲即使敝校貴爲國立大學，做研究需要的書還是恆常缺乏，常可直接體會到「書到用時方恨少」的字面意義。於是和許多同行一樣，不斷的買書，有的經濟好的特地買了四層樓來裝書，而且特愛買套書。相比之下，我自己覺得算節制了。除非是很重要的套書，基本上不買大的套書（這話裡頭也有許多縫隙）。但畢竟興趣廣泛，老覺得這本有趣，那本也有趣——有的上課要用，有的寫小說要用，有的純好玩，反正都有理由——不知道這是不是來自貧乏的閱讀環境的補償心理。大概也頗令家人困擾吧。兩個務實的女人，母親和妻，在不同的時空都曾發過類似的抱怨：「書，買夠了吧？」「不能那樣無限制的買下去吧？」其實買書看書已經成了日常生活的一部分，就像讀報，就像一日三餐一樣自然。但買書的速度總是快於看書的速度，滿溢出來的欲望便塞滿了空間，以書的物質形態。

每回搬家都深自悔恨（搬書是我特有的懲罰），幹嘛買那麼多雞骨頭，給自己找麻煩。但有的書丟了，下回要用到而遍尋不獲時，卻又懊惱萬分。雖是身外之物，但必須確定用不著了，才好處理掉。一如許多老學者，退休後或求售或捐給大學圖書館。否則一旦身故，家屬往往就直接找來回收業者，當垃圾運走。大概忍那些占空間的傢伙不知道多少年了。多年前我買的二手書，有一部分就是那樣來的吧。至於寫書，寫時根本沒想到誰會看，但還眞的有人買。譬如遠流方告知，一九九八年出版的《馬華文學與中國性》已經沒有庫存（也許被銷毀了？）。

二〇〇六年三月十日補

原載《星洲日報・隨感錄》，二〇〇六年三月二十六日、四月九日

焚燒

一

夏日炎炎，攜妻小半個月的返鄉之旅後，回到這蟄居的山腳下。一如既往，妻的盤算總是出差錯，她偏愛郊外的居所，但每每忘了那總也是昆蟲窩。此地有三多，蚊子（早晚品類不同）、蟑螂（不付房租卻有主人的態勢）和壁虎（壁虎屎多到可以當有機肥）。這些年小鎮（據說已蔓延半座島，橫行桃竹苗以南）小黑蚊（蛺蠓）肆虐，白日出不了門，而且體小的牠還會從不知哪裡的縫隙鑽進來叮人，奇癢難當，想打也未必看得到牠幼小的身軀，令人心煩。我們電詢過昆蟲專家，說是生態失衡的結果，沒什麼防治的方法，噴藥只能治標，而且濫殺無辜。我能想到的不是方法的方法大概就是燒火堆，讓濃煙暫時驅離小傢伙。但或許原因不只如此。

生個火堆不是什麼難事，早年住膠園以膠絲引火，就地取材；但如今只能用舊報紙，一樣好用。搬來郊外的好處之一大概就是可以自由的生火堆。枯枝、枯樹幹、枯葉都不難找，都擱在園子裡任其腐朽。廣場水泥地一角，或園裡火容易控制也不致烙傷房東的樹的地方，都適宜放火。但乾柴烈火雖痛快一時，很快卻就只剩下死灰，可以當肥料，不能驅蚊。技巧的覆上泥土，方得以讓枯木（愈粗愈佳）慢慢燜燒，持久的濃煙大作，燒出懷念的氣味。這氣味往往帶我回到早年的生活，故家故園的土與火，水與煙。在回憶中變得美好，但也許實際上並不那麼美好的時光。

這房子屬農舍，蓋在檳榔園一隅，那一棵棵台灣現代派詩人紀弦（老傢伙的回憶錄囉嗦自戀得不得了）喜歡的檳榔樹，枯死後卻是很好的燒料，因爲它中心是疏鬆的纖維。截數尺長一段，挖個洞引火，端點就會冒出滾滾濃煙，像根大煙。我向孩子戲稱那是「老爺爺」，煙癮很大的老頭（老煙槍），很快把自己全身燒成灰。

就像某些愛書人的買書行爲到頭來往往「以自身爲目的」——不是爲了讀，不是爲了擺，只是爲了買而買——買完了活動就結束了（我有位愛買書的老師，研究室裡塞得寸步難行不說，還有沿牆疊起未拆封的一包包書商寄來的書，幾時去找他都是那樣），我想燒火堆也如是，未必和蚊子有什麼關係。給女人小孩或「桃李」弄得很煩時，燒；精神不佳書讀不下，燒；客人久坐不去，燒……無怪乎來自都會的友人說燒火堆可治憂鬱症。他們如果想燒，可能只好半夜帶汽油到騎樓燒機車，那可能更過癮，不過鐵定要吃牢飯、賠巨款、惹麻煩。

燒死了房東幾棵檳榔樹，看他禿頭下的表情頗不悅。不燒開點空間要種點什麼都有困難。從學校搬下來後，妻看中這裡屋前屋後有點空地，遂買了許多樹苗花苗，種了荔枝龍眼芭樂蓮霧桑椹桃子，長得都不甚好；只有刺蔥香椿藍薑長得特別好，還有全株皆毒的白花曼陀羅。

查書後才知曉，後者原生於巴西，卻十分適合台灣的風土，一年的光陰它就長成張牙舞爪的樹，一年開多季，每回數十朵，白色大喇叭狀，繞著樹開成一個香氣四溢的白花環。這種夜開的花可能是香氣最盛的幾種花之一，簡直是字面意義的溢出，而且中人微醺，或許帶著微毒。如果聯結花是植物的性器官這樣的觀念，更不免帶著情色的意味。但如果那樣，象徵愛情的玫瑰花不必說，陶淵明最愛的菊花也都不能例外——即使最秀氣文雅的國蘭，和母親之花康乃馨，也不能免。

當年初到暨大，很驚訝的發現暨大一隅廢棄的幾間台糖舊宿舍（均爲看來頗舒適的平房，一度動念想去租）旁，處處白色曼陀羅花溫婉無聲的綻放，只怕不下於千朵。蜜蜂嗡嗡聲不絕於耳，濃香幾乎減低了空氣的透明度。眞像是某種溫馨的啓示。

那周遭，且種了不少熱帶果樹，幾棵高大的波羅蜜，老蓮霧，彷彿有神駐居的巨大蘋婆；麻竹欉，龍眼，見證百年滄桑的黑松，豬舍、儲水池，和一方乾涸的池塘。稍加整理，燒一燒，補一補，大概就是非常有意思的居所，適宜「耕讀」寫作。

現在的居處就在鎮郊關刀山腳下，想看山只需抬頭。常起霧，常有雲翻過山來，雲山如畫——「靄靄停雲」似有王氣。據說是風水寶地（台灣風水寶地一般都蓋滿惡形惡狀的墳墓，或斂財的爆發廟住著神棍），此處後山也有廟，但是座陰廟，地藏院。不太吵，安安靜靜的，但一直在購地擴張。這房子屬農舍，原來的擁有者投資失敗低價賣給現在的擁有者。後者年輕時在台北夫婦倆賣水果發了財，買了許多房子（在台北）和土地（在鄉下），喜歡炫耀自己的財富，三句不離金錢。岩里政男之友會會員，相信台灣只要把中華民國改成台灣就能加入聯合國。但令人印象最深的是他的口頭禪：「這裡的人都還好，只是愛『囚酒』。一『囚酒』就亂來。」他獨自住在附近（妻小都在台北），我們常擔心他被綁架，狗吠時總要留心他住處的方向有無異狀。財主房東收留了許多不承認屬於他的忠心的流浪狗，吃的是廚餘，主人不在時可能需要靠自己想辦法。畢竟承認了可要花上不少錢植晶片打預防針結紮。典型的台灣戰後一代，勤奮節儉，沒有精神生活，財富是人生唯一目的。因台灣經濟起飛而獲益，富甲一方。我們間的潛在差別從訂報可以窺見：他訂「愛台灣的」「執政黨準黨報」《自由時報》，我訂「唱衰台灣的」「統派媒體」《聯合報》。但從日常談話中推斷，也許我繳的個人所得稅還比他多，雖則他富甲一方，但幾乎「沒有所得」。農民身分。

二

雖然房東不認，附近的人都認定了那是他的狗群，守護在他家的小路兩旁。曾咬了鄰人的雞，遭事主「囚酒」索賠，他拒絕受理，致他家多面玻璃被打碎。我家養了多年的老貓 Aliki 的失蹤，和牠們絕對脫離不了干係。

房東只承認其中一隻，說是從小養的，渾身棕黃毛長毛，神態聰明威武，判斷有西藏獒犬的血統，只是尺寸小得多，我們稱之為「大毛」。那幾隻狗，常在深夜裡吠叫，把人吵醒。也許是看到了一隻路過的流浪狗，流浪貓，或者什麼玩意兒走過飛過。大概因為這樣，也曾有狗被毒死的例子。「大毛」少吠。看到牠的蹤影，主人一定在附近，像王公貴族的保鏢，也成了主人的「能指」。狗被毒死了挖了個洞埋了，反正地多得是，又可以當有機肥；母狗又比最多產的作家還能生。我們都為這群狗個別取名字，皆姓房（讀者因此知道中國姓氏的由來，都是「有所本」的），房大毛，房小白（母狗，大毛之「牽手」也，年年有孕，偶劈腿）、房黑毛（大毛和小白之子，咬人，不知何故毛色不肖父母）、房兩腳（也是赤毛狗，曾經是房三腳，俗稱三腳狗）……四狗獨缺三花，一黑二黃四白已具。

房兩腳別有故事。如果他四肢齊全，就會有個平庸的名字叫房小黃。其實這隻二黃是隻聰明相的狗，長得還挺俊的，身軀修長結實。我們剛開始搬東西（總是書先行，不是因為它是糧草，而是不怕偷）來這裡時，看到牠右前腳拖了個捕獸夾，地藏院的一位年輕的師父試圖搭救牠，追著牠說話：阿彌陀佛，師父不會傷害你，只是想幫助你……但牠顯然沒聽懂，一拐一拐的拖著獸夾逃進林子裡去了。

這屋子據說原來的樣子很好看，挑高的飛簷，厚實的灰瓦。地震時垮掉了，重建用的是鐵皮石棉瓦，便宜，不怕震。原始設計門口有一片五腳基式的空間，大概是風水考量吧，兩旁的房間位置有錯落，一旁恰恰空出一個房間的空間，看起來並不對稱。精打細算的房東用鐵皮加蓋了個房間，地震後忙於重建的那段時間，租出去當辦公室。我們一開始就把較少用的東西搬進去那裡。

幾天後再搬東西來，開了門，驚訝的發現怎麼裡頭亂糟糟的，有狗毛、黑色污漬及一股腐臭味，還未整理的書有的被污染了，有的皮被啃過（譬如可能比較美味的《漢語大辭典》）。判斷上回關門時沒仔細檢查，被牠溜了進去，也許苦痛難挨時咬的。如果再晚幾天，鐵定要替牠收屍。

不久之後，牠就改名三腳狗了。附近的三腳狗可不止牠一隻。

半年後，突然有好一陣子沒看到牠了。問房東，說牠又中了人家裝設的山豬陷阱，吊在山上哀嚎已經一個禮拜，「你們沒聽到牠的叫聲嗎？」後頭有幾座小山丘，我們偶爾也會去散散步。遂問：牠怎麼會到山上去？「我去挖竹筍牠自己要跟去玩。」好像與他無關似的，聽說山上有野豬偷挖筍，房東也常凌晨上山挖筍，價錢好時一個早上可以賣幾千塊，有時賣不完也會送些給我們加菜。他說有人在山上抓到穿山甲，「一隻可以賣三萬塊。」

我們忍不住責備他說，「那些狗隨時跟在你身邊保護你，怎麼忍心讓牠被吊在山上等死？」大概過兩天，妻說，三腳狗又出現了（牠們總到附近找廚餘），「左後腳好像拖著個繩子。」於是不論夜裡還是白天都會聽到牠悽厲的慘叫，因爲這回的捕獸夾聯繫著一條長長的鐵索，隨時被絆著，動彈不得。我嘗試靠近牠（實在受不了那種哀叫），但牠顯然不信任我。又遇到房東，他解釋說「是牠自己掙脫跑回來的。」也不關他事。強調「我也抓不到牠」。又一兩天，時值小學畢業典禮，我們請消防員來排除路上故障，順便請他們幫狗解除束腳之痛。

好久才出現兩位稚氣未脫一臉青春痘的菜鳥消防員，最重型的配備是支黑色小鉗子。三腳狗一路退到房東家門前，擠進掃把拖把等一干雜物之下。原來不是獸夾而是以鋼索設置的套索陷阱，鋼索緊緊繫著，傷口已泛黑發出惡臭，白蛆如米粒，蠢動。狗張嘴露出滿口利齒恐嚇我們，貼著雙耳吠叫。兩隻菜鳥不太敢靠近，我拿起拖把壓制住狗頭，請他們快點處理，兩人都喊好臭，一個說「我會驚」，另一個捏著鼻子抖顫顫的伸出鉗子。搞半天成不了事，鐵索一直滑掉，直嚷「要壓好，別放手」。怕咬。好一會我實在受不了，只好請其中一人幫忙壓制，我自己來。鐵索顯然已陷進關節的肉裡，費了好一會工夫鬆開，解除，請他們繼續壓著，待我處理完再放手。倒上我帶來的雙氧水——房東已出嫁的女兒在一旁，見狀嚷道，那會很痛喲，應該帶牠去看獸醫（如果不怕被咬的話）——一整瓶倒完，脛骨上泛起陣陣白泡，牠竟一聲也不吭，很安靜很疲累的躺著。

不久，妻說，三腳狗那隻受傷的腳也掉了，「瘦到像鬼一樣。」日日艱難的跳著兩隻腳來我們家討廚餘吃。

前不久，聽附近民宿的老闆娘心疼的撫著她肥壯多肉的「三腳可魯」，說之前也是中了陷阱，送去給獸醫截肢，「又是痲醉又是消炎加上手術住院，花了好幾千塊。」

但兩腳狗靠自己的生命力活了下來，竟然沒有感染，兩回都逃過敗血症。但以這狗之聰明相怎會連中兩次類似的陷阱？納悶。難道牠其實沒有看起來那麼聰明。會不會有下一次？變成房獨腳？天曉得。

我一直遊說七歲的兒子和我合作繪本「兩腳狗的故事」，但不知何故他愛看卡通卻痛恨畫畫。

三

住在鄰園的中年的前地主陳先生也是愛「凶酒」之徒，愛玩彩票，常失業在家研究那神祕莫測的號碼。曾經酒後大鬧，怪罪我們房東占他便宜趁他倒楣（投資金線蓮慘虧）買走他的祖宅和土地。也曾酒後半夜到我們屋前宣稱在「緬懷」老家（緬懷是他的用語，還滿文藝腔的）、且誇口有生之年誓要把它買回來。而賣地後搬去老宅隔鄰的另一片土地，新蓋了別墅。據說他母親是個能幹的客家女人，爲他從印尼坤甸娶了客家少女，結婚兩年沒生仔。房東說，老太太曾向他抱怨：「曉唔曉娶到公的？」但老太太過世不過數年，妻子因「凶酒」家暴離去，留下兩個稚齡孩子，自謀生路；敗家子最近更把最後一塊母親留給他的地，連同房子賤價依時值七折賣出。房東知道交易後嘆道，（買主）「現賺幾百萬」。賣地前陳先生見到我們總是擠著滿臉皺紋哈腰鞠躬，賣地後則背手仰頭看天不理人（也許因爲同樣來自東南亞的妻同情他的棄妻，多次給過她援助）。我們不免猜想，這種「大爺」的日子大概過不了多久。「凶酒」，樂透，豬朋狗友借錢，新房子，新車，新老婆（他曾向友人誇口有此意向。廣告上「保證處女」的越南新娘似乎很吸引有類似背景的男人），新的小孩，新的酒瓶，新的家暴，老問題。

偌大的廣場原先有魚池菜園，可惜被財主填平了。稍微值錢的幾棵老樹也被挖去賣錢。水泥廣場見著可惜，去年春天委託村莊裡的農民（也是出名的「凶酒」者，不喝酒倒是老實人一個）

要了一車土（說好了價錢，壹千，但後來因對方欲還人情而變成送的），是茭白筍田放乾後挖起的濕黑土壤，裡頭有許多休眠中的福壽螺（著名的外來種生態禍害，農人深惡痛絕的稱之夭壽螺，在乾土裡還可活上半年，一遇水可就馬上醒過來）。扒平了，圍以石塊及木頭，枯枝敗葉燒一燒，就是一小塊可以種植的地。種了墨西哥辣椒，檸檬，羊角豆，地瓜葉，香茅，香林投，波斯菊，黑玫瑰及發育不良的繡球花等，還有馬六甲帶回來可以做食物染色的豆科藍花（蝶豆）。兒子是藍色偏執，連吃的糖喝的飲料都要挑藍色，即使只是罐子包裝是藍的也好。更小的時候曾抗議我姓黃，他不喜歡的顏色，他決定自己要改姓藍。妻考量說，把所有他不愛吃的東西都染成藍色，說不定他就吃了。在馬六甲荷蘭街附近散步時摘了一把豆莢，剛開始時擔心它長不好而屋前屋後到處播種，不料發芽率超高，長得也眞好。施以灰土，唇狀花又藍又大彷彿帶著笑意，冶豔如童話裡的精靈，且又開得多。後來結了豆子，我們直可惜不是四季豆。多到彷彿想占領這座島。火堆燒出的灰非常管用，讓它的花比記憶中藍，也大得多。妻指揮小孩摘了晒乾，收在冰箱裡備用。

無怪乎鄉下農人處處燒垃圾，尤其令人痛惡的「塑膠燒」，既臭且戴奥辛滿天飄。

然而幾波寒流過後，大部分豆子都經不起考驗枯萎死去，多年生草本成了一年生。今年還是暖冬。幸虧已結了許多豆莢，不怕沒種。今春又可開始播種，也許慢慢訓練出耐寒品種，可以多年生。另外從馬六甲帶回一顆馬六甲樹的果實（定居馬六甲的哥哥研究後說，那即是油柑），長了兩棵發育不良的苗，不生不死的像營養不良的含羞草。那時在馬六甲荷葡萄牙廢城牆旁有多棵枝條都綴滿果實的老馬六甲樹，我們挑了棵最矮的設法摘了幾顆，試吃之下頗有似曾相識之感。不過如果眞是油柑，這裡倒可以買到健壯的苗，遲早找一棵試種看看。

今年冬天趁蝸牛冬眠——說也奇怪，曼陀羅蝸牛超愛吃的，一點都不怕它的毒。而且專挑嫩芽喫，給牠一吃就得重新發芽——我在屋前屋後加栽了多株，都已枝繁葉茂。有的已吐出花苞。尤其化糞池旁排水出口，更快要長成一片小森林。它們繁殖的優勢在於，垂枝落地即生根長芽，故而強悍如野草。但奇怪的是，粉紅品系姿色更佳的，卻一直栽培不起來，老是被非洲大蝸牛壞事——即使上覆以網（防止蚱蜢空襲），下堆石灰（防蝸舐）——嫩芽還是被啃掉。而今還在努力中，換了方法，把枝條放進花盆土裡養，花盆再放進廢臉盆，加水當護城河，準備長壯了再移植到地上。今年新栽的野薑花換了向陽的位置，長得好，發了許多肥嫩的芽，看來很有希望。最近才知道，它原來原產於東南亞的濕地，附近野溪旁卻常見，叢長，自開自謝。花白，極香，印度香，妻深愛之。強韌的非洲鳳仙倒是不分季節的笑臉迎人，只需充分的陽光空氣和水。還有幾種薄荷，野草般蔓延，我們也有過造香草園自娛的想法。

去夏自馬返台後，在屋後方擋土牆邊砌了個小水池。地板是現成的，只需加一面牆，但卻花了許多工夫。用的是檳榔園裡大大小小形狀不規則的石頭，爲了讓青蛙好住。結果砌好後一直漏水，幾乎每次檢查都發現許多洞，舊洞補了還一直漏水，包括擋土牆和地面的接縫處也在大量的漏。（理所當然的，命名爲*成功之母*）也不知重複補了多少次。後來終於可以蓄些水了，養了水芙蓉，果然有蛙進駐。是此地常見的貢德氏赤蛙，淡褐色，目前至少有五隻常駐。此地山區據說是樹蛙的棲息地。

剛搬進來不久，一天夜裡有隻蛙掛在紗窗外，我誑小孩說他在等女朋友，「牠們約好了在這兒碰頭。不見不散。」

兒子喜歡青蛙，曾說窗外蛙鳴讓他睡不著，「聽了想抓。」後來果然抓到翠綠的莫氏樹蛙（我們查過圖鑑），長得很秀氣，後腳趾有赤色條紋，黑色斑點。

小時候老家的周遭也有許多自製的池塘，不同的哥哥都愛養魚，而且偏好較大型的熱帶魚（地圖魚、淡水鯊）。我自己也有類似的偏好，譬如非洲或南美洲的硬骨魚，或者被庸俗化的珍貴各色龍魚（台灣的大型水簇館什麼怪物都有），都是大自然的活化石，生物界的奇蹟。不過目前的條件還不成熟。

前些天又去鋸了一棵倒樹，載回粗大的朽木幹，揮汗勞動（借大陸的用語）的當下好像又回到往昔在膠林撿柴的日子。不覺已是十多二十年前的往事。那時老家燒的是柴火，隔數天就要到林中撿枯枝，或鋸回枯樹幹，劈成片狀囤積。膠林裡多的是枯枝，好天氣時母親總會帶著我們幹活，以防雨季出不了門，沒柴燒。

眞像一場夢。雖是俗濫的比喻，卻很眞確。

七月過馬六甲，訪哥哥的火龍果園。經過幾片油棕園橡膠園，租來的一塊地，原先也是片膠園，園子一角有十餘棵老榴槤樹，哥哥說園主要求保留。兩位印尼外勞在處理果樹，哥哥頗嫌他們手腳慢。園內搭了鐵皮木寮子，養了狗，竟彷如故家故園。也有一條有活水的小水溝，多游魚，不同品種的蜻蜓在水面上飛。一如那年他和兩個弟弟在沙巴租地種西瓜，弟弟來函中就提到他們種了許多果樹，甚至養了類似的狗，「好像在還原老家的生活。」

原來大家都一樣。

一住不覺又兩年了。

這裡林子裡多的是廢材。我們甚至動念在戶外造個磚灶，好燒柴火，研究掛爐燒烤。我想這樣的生活該會持續好些年，燒著懷念的火，過單純日子。陶淵明詩中的意境不過如此。

一直到孩子長大，或下一回因「不測風雲」而搬家。

二〇〇六年二月十七日

原載《自由時報・自由副刊》（簡本），二〇〇六年三月二十日
原載《星洲日報・隨感錄》（簡本），二〇〇六年七月三十日、八月十三日

一個朋友之死

半個月前因整理書庫，偶然翻出一封舊友的信，那是十年前我結婚宴客，大學同學中只請了兩位，他回去後寄來的感想。工整而清晰的字跡，略致祝福，也概略的談談他自己的人生規畫。那回匆匆翻了翻即塞回抽屜，並沒想到什麼。幾天後突然從報紙社會新聞版上看到一則自殺的消息，姓名、性別、年歲、學歷、職業、個性，無一不吻合。那就是了，我的大學同學陳君，失去聯絡達十年之久，再次看到消息竟意味著告別。報載「誠品書店信義旗艦店門市部主任陳文龍，昨天被發現在陽明山樹林內上吊死亡。他留下遺書說，工作壓力大，適應不良，感情又受挫，半年瘦了廿公斤；檢警相驗認為無他殺嫌疑，將遺體發交家屬處理」。接著有更久沒聯絡的大學同學發電郵聯繫，確認死訊、告別式的時間。於是突然想再看看那封我們之間的最後聯繫的信寫些什麼，但這幾天反覆仔細找了幾次，彷彿為了增加戲劇效果似的，就是找不到。

但卻找到另一封更早的，寄到淡水，時間在我的〈落雨的小鎮〉得聯合文學小說新人獎後。

「恭禧你啦！多年的執著和努力終於獲得肯定。當我翻開聯文那一剎那，看到一位熟悉的面孔和他的大作，真的感到十分高興、十分驕傲。高興的是他的作品愈加精湛進步，驕傲的是他曾是我的同學，我與有榮焉。」信末註明寫於一九九三年十二月六日。

收到這封信的次年我集結少作，出版第一本小說集《夢與豬與黎明》，自序中有這麼一段文字：「大學時代班上有一位寫小說的朋友，自負而拒絕發表、參賽，而那時我也看不懂他的現代主義。」說的正是這位朋友。其時他早已放棄寫作。我也不知道爲什麼。我也忘了書出版後有沒有寄一本給他。也忘了何以是三年後在婚宴上方和他再度碰面，此後又何以全沒聯繫。就因爲我一直往南移，埋頭處理自己的生存問題？而此後出版多本書，也不記得曾寄給他。妻記得在婚宴上聽他說不久要到澳洲去，也許就不回來了。也許一直就以爲他長住在那個有袋類的國度吧。即使都在台灣，各自有各自的生活圈，十年來竟然沒有任何交集；即使地震後我們全校師生倉皇北上，多日成爲媒體報導的對象。竟「相忘於江湖」得如此徹底。

他的文學教養環境比我好太多，起步早、涉獵多，一如台灣各界的菁英，畢業於台北最好的中學之一的建國中學（女生則是北一女），然後考進台灣最好的大學。自詡英文好，而念中文系的，第一志願往往是外文系，陳君也不例外。他的一位中學同班同學，近年以《蛋白質女孩》暴紅爲暢銷作家，大學時代更早早的獲得我前面提到的那個文學獎，念的正是前述的第一志願。景氣低迷的中文系，觀念總是顯得陳腐的老師們（抱歉我必須這麼說，那是當年的真實感受），口才學養好的不過寥寥幾位。同學們口耳相傳，每逢分班總是設法要擠進去。極少數同學早早立志要步老師輩後塵，「爲往聖繼絕學」，積極的修習對將來做研究有幫助的課程（嘲諷的是，多年以後我們班加上我在內在大學教書的不過三個人，其中之一是多年蟬聯第一名、大學時代即被譭稱為「五經博士」的可愛女生）。但大部分同學看起來總是志不在此，別有規畫。學外語，修外系的課程，勤跑社團，發展自己的興趣（攝影，傳播，書法等等），或不知道在幹什麼。職是之故，總體的感覺非常沉悶疏離，況且中文系整體投射的時間是古代（不管它是上古還是近古），師生之間往往好似活在不同的朝代。陳君一向被公認有才氣，桀驁不馴；寫作，雖然不知道為什麼堅持不發表，瞧不起文學獎。大學時代給我看過他寫的（大概後來被自己銷毀）一篇小說，非常晦澀曖昧，文字技術確實早熟得多，也許接近我們的同齡人黃啓泰（其時就讀台大心理系）寫的〈少年的維特煩惱導讀〉。但細節與梗概均已不復記憶，只記得有一個場景有營火，與狂亂的情慾。

在我們的大學時代，文科男生幾乎是被蔑視的存在，因為工商才是價值所在。一個系八十幾位同學中，十多個男生簡直就是異類；而相對於本地生，十多位僑生大部分在各方面的表現、成績都是墊底的，一般而言總不太被瞧得起。而僑生間又港韓星馬互相區隔，真正有交情的少之又少。台大的學生，來自全台各地（尤其是台北縣市的各大名校）；不管來自哪裡，都是該中學的頂尖分子，故而「目中無人」。兼之我從外系轉入，又不擅經營人際關係，一向不修邊幅，上下課時間也頗率性，對課業成績又不大在乎，更自然感受到整體的冷漠。在他們眼中，大概不外乎又一個來墊底的吧。在老師眼中，散漫，總是遲到早退打瞌睡，大概屬於高度蟲蛀的朽木（該用狼牙棒一棒撲進臭水溝的）。在那樣的環境裡，陳君是極少數伸出友誼之手的同學，多少減低了我對那個系的疏離。

在那個窮得發窘的年代，買水果只敢買香蕉一根，或橘子一粒，鳳梨一片。多吃一塊肉都會內疚。

也不知道始於何時，但如今只記得一些時序錯亂的片段，好像都和課業沒什麼關係。譬如被邀去看電影，他弄到了票。從宮崎駿的《龍貓》（還是粵語版的）到柏格曼的《處女之泉》及楚浮的某些電影。論文隨筆少作〈夾縫中的小草〉受邀刊於他主編的《新潮》；我編的《大馬青年》技術也直接受惠於他。他送過我一本影印的 Julia Kristeva 非常難讀的 *Desire in Language*（不知道他印來幹嘛的），還是單面影印折疊裝訂的，多年以後才用得著。有一回（忘了是否同一回）被拉去和他的死黨們在深夜裡一道乘坐淡水最後的列車夜遊，並在火車站拍照留念；之後火車停駛，改建捷運。又有一回被拉去大概在三芝附近他死黨的親戚的別墅郊遊，沒有留下什麼回憶，畢竟我在那以他爲中心的小圈圈是個邊緣人，常清楚感受到他的死黨們眉目間的一絲絲勉強。這些活動，時爲女友的妻也都參與了。有一年農曆年和他一干死黨被邀去他三重的家圍爐，妻記得她啃掉了很多開心果。他母親對他溢於言表的溺愛令人印象深刻，一直強調他小時候有多可愛，濃眉大眼，「像洋人的小孩」。數一數，那也是十六七年前的事了。

另外有一年暑假一同報名參加聯合文學的文藝營（我忘了是被什麼理由說服的），大概也沒學到什麼；又一年則是報名了日語暑期夜間課程，上課時都猛打瞌睡，上些什麼如今自然也都忘光了。如今重翻舊函，一九八九年三月二十日他給我一封長函，語多憤懣，大概是心情極糟的情況下寫的。寫道他「活得並不快樂」，雖然人人稱羨他的才氣。自辯其頹廢、自我放逐，因爲他背負「不爲人知的十字架」：「一個破碎的家庭，一個孱弱的身軀和一個不被社會認同的感情世界」；嘲謔的解釋他何以喜歡電影和戲劇，「這些玩意兒不過是將人生拖拖拉拉的痛苦直截了當的演出來。雖然悲哀的是，演完了、看完了，還是要痛苦地、拖拖拉拉的過一生。但是，這也夠了。」這已經很接近張愛玲「人生不過是麻煩，麻煩結束了，人生也就結束了。」

確實，他是我見過的最痛苦的靈魂之一，心裡有千百個結。早熟而敏感，聰明而不易說服，資質大概居同儕之冠。那幾年也不知聽他傾訴過多少苦悶。那時老是納悶：那麼年輕怎麼老是想些煩死人的終極問題？譬如他會問我：「你幸福嗎？」我沒告訴他我痛恨這種問題，我有自己的快樂與憂煩。但那時我還相信意志多少可以改變現實。他的家庭背景我了解得不多，新聞說他是「萬華望族之後」，亦不知虛實。總覺得他的「麻煩」不是我能解決的，多年來在他自己生命的矛盾裡反覆。他羨慕我沒有他的煩惱，我和許多人一樣都認爲他是天之驕子，擁有許多別人沒有的，那麼不快樂有點不可思議。也不太能理解何以他幾乎逐項放棄（最主要的是寫作，或繼續升學——不論是出國還是留下），且幾乎是以唾棄的方式。雖然他也許比許多選擇這一行的人更有天分。好像在懲罰誰，或報復什麼似的。針對的是家人，自己，還是這個世界？一九九三年那封信裡他深深感慨自己已轉入補教界，只能做個文學的旁觀者了。

而其時我有我自己的麻煩。前途茫茫，苦悶徬徨。大學轉瞬過完，人生還長，接下來要做什麼才是最大的煩惱。大學時代因爲窮極想賺稿費而偶試小文學獎，略有斬獲，但深知那不能當專職（除非有很硬的家底）；回家鄉當一輩子「懷才不遇、滿腹牢騷」的華文教師？我討厭那樣的人生。而對大馬的種族政治即使不算深惡痛絕，也非常悲觀。念研究所似乎是唯一的選擇。然而念什麼呢？走向老學究們死氣沉沉的古典世界？考慮過政治或經濟或東南亞所人類所（好天真的想藉此深入了解種族主義的馬來西亞，以尋求解決之道），也旁聽過相關的課；找來相關的專業用書甚至考試指定用書，但往往覺得讀之無趣，更增煩惱。最後務實的選回無聊的中文系。但開始時也並不順利。試了兩年走入淡江，一個沒那麼食古不化的山頭。

反正到了沒得選擇時，只好咬咬牙硬幹下去了。

他畢業當兵那兩年間陸陸續續有些書信往返，但退伍後不知怎的漸漸斷了。最近翻檢舊函，一九九二、一九九三年十二月各收他一封信，都抱怨打電話找不到我，附上名片，希望找個時間見見面聊聊。但我不記得有去台北找過他，那兩年的日記也沒找著（也許根本就懶得記），查證困難。也許新的朋友圈，新的忙碌，就那樣把他給忘了。到底有失交友之道。以他的自尊心之強，一定很受傷。

德國猶太裔批評家班雅明（Walter Benjamin, 1892-1940）在其晦澀難解的名文〈講故事的人〉裡，引了一段別人的話：「一個三十五歲去世的人，無論就其一生的哪一點來看，都是一個三十五歲死去的人。」我的朋友死於三十九歲（一九六七—二〇〇六），回顧我們有過的交集，很能體會前面那一段話。從終點回溯，每一個瞬間都指向終點。生命始於受孕，但不知其終點。終點總有點神祕，自我了斷終歸是尋求解脫，回到出生前的狀態。我們年輕時相當喜歡的日本小說家芥川龍之介，深爲憂鬱症所苦，三十五歲服藥自殺，死後留給友人兩封遺書。〈給一個老友的信〉

理性的設想哪一種死法最不痛苦又不難看；信中提到「如果我能心甘情願進入長眠世界，那麼對我而言，即便算不上幸福，也準是一種和平」。以這種心態（爲自己的人生設定了終點，開始倒數計時）看世界，倒是別有超越的啓悟，他說「大自然在我眼裡，比平素顯得更美。」「……那是因爲，大自然的美，映上了我這雙臨終之眼的緣故。」「較之別人，我看得更多、更加熱愛上也更能理解這種美。」這種啓悟被川端康成理解爲「一切藝術的奧祕」之所由來，一種稟賦。「它讓人產生一種宛如踏入瘋狂境地的恐怖感覺」（〈臨終之眼〉）。一種瘋狂的清明，直視死亡，也透過死亡的終點凝視這個塵世。有人說陳君在那個凌晨在那車站附近徘徊久之，我頗能想像他的猶豫，但不能確定是否有相似的清明的瞭悟。芥川另一封遺書〈致小穴隆一〉則比較世俗，談到「我是爲了對以往的生活做了個總清算才自殺的」。談的是令當事人厭煩的情慾。但我久已不屬陳君的「老友」圈子，也不知道他的「昔日之我」和今日之我有多大的差別，不知道他的麻煩到底是新的還是舊的；但我想他的行動也不外乎在爲自己的人生做個激烈的總清算吧。以電影戲劇的方式結束，而免於散文式的拖拖拉拉。但這樣的結果畢竟是令人感傷的，尤其聽到說他母親不捨得讓他冰封，「怕他冷，堅持帶回家抹乾淨身體，穿上西裝。封棺。」

二〇〇六年四月四日至十一日

原載《星洲日報・隨感錄》，二〇〇六年四月二十三日、五月七日

在自己的樹下

四月是最殘酷的月份，從死去的土地裡
培育出丁香，把記憶和欲望
混合在一起，用春雨
攪動遲緩的根蒂

——艾略特（T. S. Eliot），〈荒原〉

我的朋友已經燒成灰了，塵歸塵，土歸土。

在這春夏之際，今年的四月比往年多雨。就像此刻，雨在外頭下著，時大時小，鐵皮屋頂不歇的細細碎碎。大概是接受到訊號，屋前屋後去年前年栽種的曼陀羅這幾天都盛開了。三棵重點培育的粉紅曼陀羅植株還小，每棵或三四朵、五六朵；但白色的就壯觀多了，小棵的（人高，三四個分枝）一棵二三十朵，中的超過五十朵，最大的兩棵可能超出兩百朵，潔白長逾指掌的大喇叭沿枝梢溢出，沾了雨水令枝枒沉沉下墜，春華滿枝如纍纍碩果。繁花盛開，如少女的婚紗。花並非一日開謝，每朵花都有幾天的壽命。入夜綻放，白日收斂，有時會把遲歸的蜜蜂困在裡頭。但它似乎是蝸牛最愛的食物，從芽、葉到花、莖，全不放過。一下雨，到處都是非洲大蝸牛，昨天一棵苦心栽培的粉紅曼陀羅莖被狠狠啃了個大洞，木質部都裸露了。因此我屠殺了數十隻活得太久的，大，多肉且殼厚。泰半吃飽了躲在牆縫裡拉屎，石疊的牆，正是蝸牛最好的藏身處。有的還邊啃食花瓣邊交配，同時排出一圈圈草綠色的蝸牛屎。

也順道爲被遮蔽至奄奄一息的幾棵台灣百合移了個有陽光的位子，明年春天應會健康的花枝，養個幾年，也應有一定的規模。

那天北上參加朋友的告別式，靈堂擺滿香水百合，同事朋友舊同學送的花籃也多是素白清麗的香水百合（綴以白菊黃菊），一樣是繁花盛開。陰天，淡淡的哀傷，白色的「痛失英才」輓聯，亡者的遺照精神奕奕，微有笑意。原以爲是大學時代的舊照，家屬說是近照，容貌竟然沒什麼改變。沒有絲毫歲月的風霜。儀式簡單而肅穆，多係他昔日工作的同事，依序行禮如儀，上香，獻花、獻果、行三鞠躬禮。家屬答謝。禮成奏樂。

大學時代的老同學來了十多位，大多畢業以後就沒再聯繫，有的見了面好半天想不起名字。大部分都老了好多，中年的倦容刻在臉上，不復往昔有青春的光彩。公祭結束起殯前，朋友的母親含淚向訪客一一握手致意，說她不能送他，要先走了。依華人禮俗，白髮人送黑髮人，只能點到爲止。在靈車駛往火葬場後，我也離開了。骨灰將安放於三芝榕園。

我們早一天闔家（夫妻倆偕兩個孩子）北上，為的是到他家去向他年邁的父母致個意。妻惦著昔年他母親的那一餐豐盛的招待，在我們經濟拮据的大學時代。幸虧是個晴天。很少闔家出門，帶著孩子總嫌麻煩，因此小孩很興奮，郊遊的心情。反覆叮囑到了人家家裡不能一副很開心的樣子，更不能吵鬧。

好燥熱的午後，坐計程車到三重，依地址找到他家巷口，在一家賣水晶的店裡頗耽擱了一陣子，讓小孩挑些石頭，有個寄託。十六、七年來未曾踏步，隔著街仔細瞻望，他家所在的社區老舊破落如貧民窟，令人觸目驚心。

順利找到他家，門沒鎖，陳伯父來迎，容貌沒多大改變，有點白髮，有點駝背。我們先到後頭向陳伯母問好，伊染了一頭褐髮，果然全不記得我們是誰了，包括那年到他家吃飯的事。果然有個弟弟，長得很高很瘦。他說記得有那麼回事，有一年新年，哥哥帶一群僑生回家吃飯。

對門另一棟公寓，是他的住處，十多年前陳伯母買了下來。設了靈堂，焦點是那張含笑的照片。我們洗手，各點了根香。我們網路訂購的花籃已凋萎得很難看，以很醜的字題著愚蠢的「駕鶴西歸」，令人尷尬。公寓格局不大，兩面牆整齊的擺滿了書，靠窗的矮牆是一套套日本漫畫。參觀了他的書房，書堆得更多，但收拾得很整齊。大多是藝術門類和設計類的書，甚至有一大套日文書。有若干英文書。大概他的日文有學起來。陳伯父說，「他大概還可以說上幾句。」說他的財產就是那些書，有的一套一兩萬塊。「人死了好多天還有一包書寄來。」陳伯母補充。

他們細說這些年來，他的工作種種，他的忙碌。那時我們全沒聯繫了，全然陌生的存在。一回到家電話便馬上追來，沒得休息。半年來食不下嚥，吞兩口就打嗝。那天晚上找不到人，陳伯父不敢睡覺，打了一晚的電話，他的手機有開機但沒接。猜想他也許去做體檢，醫院不能接聽手機。甚至打去台大醫院查詢，有個同名字的，但身分資料不符。凌晨就接到警察的通知。

回想那年他當兵，每個週末一家人到台中看他，帶他到車站旁的小旅店好好洗個澡，吃一餐。入伍前夕聚餐上腳不愼被女招待高跟鞋踩著受傷（夫妻倆一說是腳跟一說是腳趾），入伍後運動困難被連長惡意理解爲故意自殘以逃避訓練，經常被整。被罰洗豬圈……。一臉心疼，天下父母心。和我們自己和父母間的關係比起來，相差不可以道理計。

陳伯父說他三年前六十三歲時退休，原以爲一切可以交付給他，「養兒防老。沒想到……白髮人送黑髮人。也不爲我們想想。」（哽咽）

顯然這兩位老人家的晚年毀了。投注了太多的希望和心力，眼見是一場空。餘下的日子，勢必得咀嚼兒子壯年自殺留下的傷痛和陰影，再也無法挽回無法補償。爲了一個不愛他的人，傷了世間最愛他的兩個人。如果說儒家的古訓「父母在，不遠遊，遊必有方。」到了現代已不合時宜的話，是否可以更改爲「父母在，不自殺」的訓令呢？再撐個五年八年，盡了人子之責再說。如果還是過不去，再結束也不遲，以免帶走得太多。雖然人遲早總要死的，但好歹可以做點損害管理。

於是後來我向那些容易鬧自殺的學生建議，如果生命的此刻有什麼重大的傷痛過不去或陷入困境，「調動未來以拯救現在」。讓個體的自我同一性暫時解離。告訴自己，「這一切總會成爲過去」，沒什麼大不了的。不要連同「未來的我」也殺掉。如同利用敘事的魔術，把現在變成過去——暫時調動「未來的我」來主持大局，凍結「現在的我」的主權。有用嗎？我想多少會有用，畢竟那樣的時間還是保持流動的，活水總比死水好。況且世事難料，留點餘地給時間自身，一旦機運轉變，說不定柳暗花明又一村了。往年我都建議他們學一門藝術，或一門手藝。當生命出問題時，讓大腦暫時不思不想，手腳去忙就好。對我自己來說，這兩個方法都是有用的。沒有人總是過好日子，無憂無愁，或總是有貴人相助。

但總不免覺得遺憾，爲什麼竟然那麼多年沒聯繫。「都怪你自己孤僻，不愛跟人聯絡。」妻抱怨說。「應該邀他來南投住住，放鬆一下。」但畢竟都太晚了。借用大江健三郎〈沒有無法挽回的事〉裡談到自殺的亡友的心情，「在他活著的時候，如果能來和我談談要自殺的心情，讓我理解的話，我想自己應該會盡全力阻止他的……」。但這其實是廢話。能說出來就不是眞的想死，只是有想死的並不十分堅定的念頭。一旦決心付諸行動，「談談」往往在他個體生命時間終結之後，以遺書的方式。雖然遺書體往往用現在進行式，「當你們看到這封信時我已經……」，以活在語言裡的「符號的我」發聲。況且我們疏遠多年已沒有當年那個交情，事後的任何想法都難免是自欺欺人。活著就還有機會，也許就一直因爲彼此都還活在世間，沒有特別去想什麼。也許就因爲這樣的想法——有緣還會再見，順其自然吧。但也許自然本身比什麼都殘酷。緣盡矣。

「沒想到第一個會是他。」妻說。一般都是聽說誰誰誰走了，那種沒有交情的，不會有人通知不會收到訃聞，聽到時已事過境遷。因爲沒有交情，其實也沒什麼感覺或感想。一如他們活著時，你從來不會想到他們。反過來大概也一樣。陌生的平行線。

去年還是前年，有一陣子突然很想念一位朋友，也是大學同班同學。個性開朗，體節僵硬，做起體操像機器人。我是轉系生他從外校轉來。畢業那年相約到甫成立的中正大學中文所考試。我們早一天下去，他是當地人，說學校離他家不遠。熱情的說可在他家住一晚，次日一早再騎車過去。那天到嘉義已深夜，他攔了計程車，在山路裡奔行許久，一直到司機不敢再往前走了，放我們在一處有公共電話的地方下車，他打電話叫親人來接。好一陣子折騰到他家，暗暗的，水很冰，他說是他父親以竹筒從山上接來的山泉水。有一個當警察的姊夫。他的父親打赤膊，上半身黧黑的肌肉賁張，巨人般壯碩，寡言。好像有一些喧笑聲，朋友笑說聽說家裡來了個老外，很多親戚朋友都想來看呢。

次日一早，他指著對面一座雲霧蒸騰的山，說那是阿里山，「阿里山就在我家對面。」他自豪的說。想看山，拿把椅子坐在門前即可。然後他騎機車載著我，在濃霧裡一路下坡。層層疊疊隆起的山坡地，都是龍眼荔枝園。他一一指著，大部分不是他家的，就是堂表親族的，原來他家是大地主。許多農人早早上工了，他高舉的右手簡直放不下來，因爲沿路都是親戚，招呼打不完。

那年我沒考上他考上，後來也不知道他落腳何處。所以我是託情一位離職到中正的舊同事到中正中文系辦去翻出他當年的准考證，查出他老家地址。寫了封信過去，敘當年赴考借宿事，問候他及家人，歡迎他有空來坐坐。他回了封電郵，附上與妻子小孩的全家福，談到他猶常向學生提起大學時下象棋被我連殺十盤的事。此後不再有回覆。我和妻苦笑。也許我懷念的只是他的舊家，和我現在住的地方類似。依經驗法則，多年未聯絡的朋友突然聯繫泰半不是什麼好事，不是借錢、賣保險，就是直銷。否則各忙各的，誰會突然那麼多愁善感，念舊？

確實，稍後不久突然有一位朋友來電，支支吾吾要借錢，五萬元應急。說了個什麼朋友車禍之類莫名其妙的藉口。不算是熟朋友，十多年沒見面了。此君矮小，自幼父母雙亡，由姑姑帶大。一隻手有多根手指截肢，大概是幼年時發生過什麼不幸的事，常常一臉自卑的模樣。十多年前他還在念師專，是我哥哥出身嘉義的前女友身旁的小跟班，兩人自幼熟識。他似乎也對我妹妹頗感興趣，有意無意的獻殷勤。他畢業後到山上小學教書，多年前最後一次看到他時他正和一位長相頗清秀的女孩交往，後來聽說他結了婚，有了孩子。怎麼會找到我？判斷一定是走投無路了。念著那一點舊情，雖心知有異，還是如所請。但錢一匯過去，就像「潑出去的水」了。還錢的日期一延再延，從「年終獎金一下來馬上還」到接了電話假裝是別人，到不接電話。妻查到他上班的山上小學，他已當上主任，住校，平日值班，負責接電話。但各家銀行都在找他，要錢。朋友同事都借遍了，包括我哥的前女友。從周邊人的說法加上從他口中說的，大概拼湊出一個故事：認爲自己賺得不如在銀行上班的妻子多，借貸數百萬玩股票，以爲可以大撈一筆，不料被套牢。於是妻子帶走小孩，要求離婚，他每月到處借錢都還不了利息。他說他憂鬱症，幾乎失去了一切。我們幫他算一算，吃住都是學校的，薪水免稅，加上太太的收入，賺得比我多得多。他至少比我小兩歲，原本幸福快樂。但一個錯誤的判斷，人生提早走到盡頭。後來聽說他離職了，再也沒有人有他的消息。是到火車站公園去當流浪漢？還是人間蒸發了？誰也不知道。

哀樂中年大概也只能這樣。此後二三十年，大概不免有更多的告別式要參加，正常狀況下，先是長輩，依次到同輩。每一個他人的死亡都是一次提醒。人是會死的，不要沒有準備。如果僥倖活得老一點，甚至會面臨「訪舊半爲鬼」的淒涼窘境。或不幸活太老，拖著一身病苟延殘喘，飽嚐「久病無孝子」的炎涼，則近乎古人所說的「壽則多辱」了。自我了斷應該也是自主權之一，只是該審慎的運用。

大江健三郎提到他母親告訴他一個日本四國鄉下的信仰，

> ……在這山谷間的每個人，都有一棵「自己的樹」，生長在森林的高處。人的靈魂從這棵「自己的樹」的底部——也就是樹根處——降落到這山谷間，進入人的身體裡。死的時候只有身體會消失，靈魂則是會回到樹的所在去……。（《爲什麼孩子要上學》[台北：時報文化，二〇〇二]，頁一六）

聰明而善良的人創造出來的美好信仰，安慰所有的必死者，是人類還保有大片森林的時代的信仰。以當今生態破壞之嚴重的程度，樹的數量早已遠不如人，即使它屬實，一棵可以讓靈魂依託的「自己的樹」也嫌奢侈。這是個沒有「自己的樹」可以回歸的時代。假使眞有其樹，對原本就是痛苦的靈魂有效嗎？回歸會得到安撫嗎？也令人懷疑。我們不信鬼神，也不信人死後靈魂還會存在。如果亡友有靈魂，但願他找到一棵強悍一點的「自己的樹」——榕樹其實也不壞，韌性夠，憑著走根，可以把自己延伸爲一片森林。

但我和妻早就設想好一個簡樸的方案。哪天死了，就燒成灰，當作肥料撒在自己種的樹下（規畫買一小塊地，小屋前種一兩棵樟樹），立碑不立碑均可，不必墳墓，其他儀式亦皆免除。節省一點，一了百了。

最後複誦亡友遺言引的《舊約．傳道書》的幾句話（文字略有調整）以爲永別：

凡事都有定期：
生有時，死有時；
栽種有時，拔除有時；
哭有時，笑有時；
懷抱有時，不懷抱有時；
尋找有時，失落有時；
撕裂有時，縫補有時；
靜默有時，言語有時；

喜愛有時，恨惡有時；
埋葬有時，告別有時。

二〇〇六年四月二十八日 埔里

原載《星洲日報・隨感錄》，二〇〇六年七月二日、十六日

原載《自由時報・自由副刊》，二〇〇六年八月二日

本文收入蕭蕭編，《九十五年散文選》(台北：九歌，二〇〇七)

麥田文學 216

焚燒

作　　者　黃錦樹
主　　編　胡金倫
總 經 理　陳蕙慧
發 行 人　凃玉雲
出　　版　麥田出版
城邦文化事業股份有限公司
100 台北市中正區信義路二段 213 號 11 樓
電話：886-2-23560933　傳真：886-2-23519179、886-2-23516320

發　　行　英屬蓋曼群島商家庭傳媒股份有限公司城邦分公司
104台北市中山區民生東路二段141號2樓
客服專線：886-2-25007718、886-2-25007719
24小時傳真專線：886-2-25001990、886-2-25001991
服務時間：週一至週五上午09:00~12:00；下午13:00~17:00
劃撥帳號：19863813　戶名：書虫股份有限公司
E-mail：service@readingclub.com.tw
網　　站　城邦讀書花園
網　　址　www.cite.com.tw
麥田部落格　http://blog.yam.com/rye_field

香港發行所　城邦（香港）出版集團有限公司
香港灣仔軒尼詩道 235 號 3 樓
電話：852-25086231　傳真：852-25789337
E-mail：hkcite@biznetvigator.com

馬新發行所　城邦（馬新）出版集團【Cite (M) Sdn. Bhd. (458372U)】
11, Jalan 30D / 146, Desa Tasik, Sungai Besi,
57000 Kuala Lumpur, Malaysia.
電話：603-90563833　傳真：603-90562833

印　　刷　中原造像股份有限公司
初版一刷　2007 年 7 月 1 日
售價：260元
ISBN : 978-986-173-260-2

國家圖書館出版品預行編目資料

焚燒／黃錦樹著．-- 初版．-- 臺北市；麥田出版；
家庭傳媒城邦分公司發行，2007 [民 96]
面；　公分．

ISBN：978-986-173-260-2（平裝）

855　　96009192